Deseo™

Amor en subasta

Emilie Rose

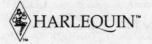

HARLEQUIN™

Editado por HARLEQUIN IBÉRICA, S.A.
Núñez de Balboa, 56
28001 Madrid

I.S.B.N.: 978-84-671-7193-8
Depósito legal: B-6343-2009
Editor responsable: Luis Pugni
Preimpresión y fotomecánica: M.T. Color & Diseño, S.L.
C/. Colquide, 6 portal 2 - 3º H. 28230 Las Rozas (Madrid)
Impresión y encuadernación: LITOGRAFÍA ROSÉS, S.A.
C/. Energía, 11. 08850 Gavá (Barcelona)
Fecha impresion para Argentina: 28.9.09
Distribuidor exclusivo para España: LOGISTA
Distribuidor para México: CODIPLYRSA
Distribuidores para Argentina: interior, BERTRAN, S.A.C. Vélez
Sársfield, 1950. Cap. Fed./ Buenos Aires y Gran Buenos Aires,
VACCARO SÁNCHEZ y Cía, S.A.
Distribuidor para Chile: DISTRIBUIDORA ALFA, S.A.

Capítulo Uno

Holly Prescott gruñó al ver a la segunda de sus dos mejores amigas salir del club Caliber pavoneándose con un recién adquirido soltero colgado del brazo.

¿Cómo había podido dejarse embaucar en un plan tan desastroso? ¡Comprar hombres!

El aire frío procedente del ventilador de techo le hizo arrepentirse por enésima vez del vestido que llevaba. ¿Dónde había estado su cerebro cuando permitió que sus amigas la enfundaran en un vestido que parecía más una prenda de lencería?

–No volveré a fiarme de Andrea o Juliana –dijo Holly sin importarle que la oyeran–. Veinte minutos más y podré irme a casa.

–¿Hablando sola? –sonó una voz de barítono a sus espaldas. Eric Alden, el mejor amigo del hermano de Holly, ya le había leído la cartilla aquella noche por la locura del plan.

–Estoy lanzando juramentos contra tu hermana –Holly se apresuró a reagrupar sus neuronas–. El vestido que ella, y la otra mal llamada amiga mía, eligieron por mí es indecente.

Los ojos azul oscuro de Eric la recorrieron de arriba abajo, y ella se abofeteó mentalmente por llamar su atención sobre el atuendo, o más bien falta de atuendo. Holly se enderezó, apretó los glúteos, hundió el estómago y rezó para que él no se diera cuenta de que no llevaba nada bajo el vestido, salvo el rubor que cubría su piel.

–Desde luego, indecente –él se paró a pocos centímetros de ella–. Indecentemente hermosa.

La voz ronca, y la proximidad, hizo que el corazón de Holly se desbocara y un enorme escalofrío recorriera todo su cuerpo. «Espera. Es el hermano de Juliana». El hermano formal, obseso del trabajo y destacado hombre de sociedad. Esa triple contraindicación anulaba toda posibilidad de cosquilleo. Intentó separarse, pero chocó con las achispadas damas que se hallaban a su espalda.

–Estás preciosa, Holly. Casi no te reconozco sin la gorra de béisbol y las botas.

–Tú tampoco tienes un aspecto asqueroso que se diga, Alden.

–Si eso ha sido un cumplido –Eric forzó una sonrisa–, gracias. ¿Puedo hablar contigo?

–¿Conmigo? –ella miró a un lado y a otro y se encontró con las miradas de varias mujeres, incapaces de ignorar al heredero del imperio bancario–. Por supuesto.

Eric la sujetó por un codo, y cada uno de los largos dedos provocó una quemadura en su piel. La guió hasta un extremo del salón, donde el nivel de ruido era algo menor, y la soltó. Los anchos hombros la acorralaron contra la pared.

–¿Por qué me haces la pelota con tantos cumplidos? –preguntó ella antes de que él pudiera decir nada. Con su metro setenta y siete de estatura, y los diez centímetros de tacón, no necesitaba más que levantar un poco la vista para ponerse a la altura de los ojos de Eric.

Una expresión de disgusto asomó brevemente al atractivo rostro de Eric.

—Necesito un favor.

Pues claro. ¿Por qué no podían los tíos decirle algo agradable sin tener un motivo oculto para ello? Holly obligó a sus hormonas a volver a su sitio e intentó aclararse las ideas.

—¿Qué clase de favor? —ella miró por encima del hombro de Eric hacia el escenario. El soltero por el que iba a pujar era el siguiente y, si todo iba bien, pronto sería el soltero de otra.

—Cómprame.

—¿Perdón? —ella lo taladró con la mirada. Seguramente no había oído bien entre el griterío.

Holly dio un paso atrás, y se dio contra la pared. El frío panel de madera le recordó que el vestido le dejaba la espalda desnuda.

—Sálvame —dijo él mientras sacudía la cabeza en dirección al escenario.

¿Para qué demonios necesitaría salvación? Holly no sabía qué incluía su paquete de citas, pero su mera compañía bastaría para conseguir una elevada puja. Eric era rico y atractivo, siempre que no te molestaran los tipos conservadores y rígidos de los que ella siempre había huido.

—¿Por qué yo?

—Porque tú no buscas un marido rico.

–Amén –no resultaría una cita muy molesta. Pero Holly no quería una cita. Aunque pudiera permitirse comprar un soltero, no podría salir con el hermano de su mejor amiga.

–No puedo, Eric. Ya he elegido al mío. De modo que respira hondo y sube a ese escenario.

Eric acarició el hombro de Holly cuyos pezones, malditos, se endurecieron, algo que la seda no fue capaz de ocultar. Avergonzada, se cruzó de brazos.

–Holly, por favor. Te daré lo que me pidas. Pero sálvame de este ridículo espectáculo en el que mi madre me ha obligado a participar.

«Espectáculo», como la fallida boda. La novia de Eric lo había abandonado unos meses antes. El evento social del año había acabado siendo el desastre del año cuando la atolondrada futura esposa lo había plantado, literalmente, en el altar tras proferir unos cuantos insultos frente a los invitados a la boda.

–¿Qué diría tu madre si acabaras conmigo?

–Mi madre me apuntó sin mi consentimiento, de modo que su opinión es irrelevante.

Holly luchaba entre la simpatía que le despertaba Eric y su deseo de escapar. Sentía debilidad por los tipos en desgracia. Y se había jurado no volver a tener nada que ver con ellos.

El vicepresidente de Alden Bank and Trust, el banco privado más grande de la región, representaba todo aquello de lo que ella había huido. Ostentación. Esnobismo. Expectativas que ella era incapaz de satisfacer.

«Venga, Holly, ¿cómo vas a dejarle a merced de las pirañas?», dijo una voz en su cabeza.

–Tu hermana no volvería a dirigirme la palabra. Le prometí que pujaría por «ilumina tu noche con Franco, el bombero».

–Conocí a Franco en el vestuario –la boca de Eric se tensó–. Es más bajito que tú y posee el coeficiente intelectual de una piedra. Te aburrirá hasta la extenuación.

–No tengo intención de salir con Franco –¿por qué nunca se había fijado en la sensualidad de esos labios o en esas pestañas? Y, sobre todo, ¿por qué se fijaba en esos momentos?

–Entonces –Eric repasó nuevamente el vestido muy, muy despacio, con una expresión de sorpresa, especulación y algo más–, ¿para qué te lo vas a comprar? ¿Como semental?

Holly abrió la boca espantada y sus mejillas se incendiaron. El orgullo le aguijoneó con furia.

–¿Piensas que necesito comprarme un hombre para tener sexo? Puede que no sea tan elegante y escultural como las chicas con las que sueles salir, pero no me va mal.

–Yo no he dicho eso –él se apartó y apretó los labios.

–Para tu información –Holly reunió lo que le quedaba de dignidad–, Juliana, Andrea y yo queríamos apoyar este acto benéfico. Bueno, eso no es del todo exacto. Tu madre –dijo mientras le daba unos golpecitos en el pecho con el dedo índice–, la organizadora, nos ordenó hacerlo. De modo que las tres acordamos invertir el fideicomiso que recibiremos en nuestro trigésimo cumpleaños en un soltero esta noche –levantó la mano y deseó no haberlo rozado–. Pero ahí va la mejor parte. Establecimos una cantidad límite. El bombero será comprado por una cantidad superior y entonces quedaré liberada. No habrá soltero. Y no habré roto ninguna promesa.

–¿Y qué pasa si nadie ofrece más dinero?

Entonces tendría que salir con un tipo que tenía más músculo que cerebro. Y, peor aún, su situación financiera pasaría a ser muy delicada.

–Lo harán. El año pasado posó para un calendario de bomberos. Apuesto a que la mayoría de esas mujeres tiene una copia y querrá comprobar si el Franco de verdad está a la altura. ¿Lo ves? –la masa rugió cuando el bombero subió al escenario–. Lo aman. Y pueden quedárselo.

La frustración invadió a Eric. Se volvió hacia el escenario y cruzó los brazos sobre el pecho, intentando parecer tan estoico como un capitán que se hunde con su barco.

Holly agitó la cartulina sobre su cabeza, iniciando lo que esperaba fuera una puja descarnada. El tiempo pasó a cámara lenta y la puja se estancó unos cuantos miles por debajo del límite.

–Maldita suerte la mía –dijo Holly sin aliento mientras le dirigía una mirada de reojo a Eric.

El público no se inmutó a pesar de los intentos del maestro de ceremonias por atraer más pujas. Iba a tener que quedarse con ese tipo, al que no se podía permitir, y todo porque una promesa regada con tequila, y su orgullo, no le permitían admitir ante sus amigas que necesitaba el dinero del fideicomiso para subsistir.

Agarró la cartulina con fuerza, pero, antes de que pudiera levantarla de nuevo para subir la apuesta, los dedos de Eric se cerraron con fuerza en torno a su muñeca.

—Cómprame, Holly, y nos olvidamos de las citas. Te reembolsaré lo que pagues y podrás utilizar el dinero para invertir en ese zoológico que tienes montado.

Los perros de Holly siempre necesitaban algo. Eric había sido muy inteligente al golpearla en su punto débil. Tenía que elegir entre recuperar el dinero de manos de Eric, o quedarse con Franco y no pocas dificultades económicas. En cualquiera de los casos, tendría que aguantar a un soltero que no deseaba. Pero hacer una obra de caridad, librarse de las citas, y recuperar el dinero parecía una oferta irresistible.

—Sin citas, ¿lo prometes? —ella lo miró a los ojos.

—Sí. Cómprame y, si mi precio supera tu límite...

—¡Vaya, Eric! —ella se rió—. No andas mal de ego si crees que vas a superar diez de los grandes.

—Te devolveré la apuesta, sea cual sea —continuó él como si no lo hubiera interrumpido.

Juliana y Andrea se pondrían furiosas, pero ya se las arreglaría para hacerles comprender.

—Muy bien, Eric. Te compro.

Casi de inmediato, el maestro de ceremonias mostró una copia del calendario y Franco se desnudó enseñando el slip que llevaba en la foto, y dejando adivinar una protuberancia que dejó a todas boquiabiertas y desató la avalancha de apuestas que Holly había esperado.

Holly se hundió. El precio final había superado el límite fijado. Hubiera quedado libre, pero allí estaba, presa de otra promesa.

–¿Qué tal un beso para sellar el trato?

La sugerencia de la periodista atrajo la atención de Eric sobre el territorio prohibido, la boca de Holly. El tono rojo del carmín daría a cualquier hombre toda clase de ideas sobre lo que ella sería capaz de hacer con esos labios. Pero a Eric no le interesaba. No con Holly.

A juzgar por la expresión boquiabierta de Holly, a ella le gustaba la idea tanto como a él.

–Octavia Jenkins, no juegues conmigo –Holly agitó un dedo acusador hacia la reportera.

–Sólo hago mi trabajo –Octavia les hizo un gesto para que se juntaran más.

–¿La conoces? –preguntó Eric mientras rodeaba la cintura de Holly con un brazo para hacerse una foto sin la cual, aparentemente, no les dejarían marcharse de allí. La mano encontró la piel cálida, y desnuda, de la base de la espalda. Rápidamente, la deslizó hacia la cadera, tapada por el vestido, pero que no conseguía disimular el calor del cuerpo.

–Es una de mis alumnas –respondió Holly en voz baja.

Holly, una artista del vidrio tintado, daba clases para financiar los cuidados y la alimentación de su enorme colección de mascotas.

–¿Nos creará problemas?

–No si puedo evitarlo –masculló Holly a través de la sonrisa forzada dirigida hacia el fotógrafo.

–Venga, chicos, que no estáis ante un pelotón de fusilamiento. Un beso para la cámara.

Besar a Holly resultaba más atractivo de lo que debería. Eric echó la culpa al seductor vestido y a los vertiginosos tacones. Ella siempre había sido la chica de al lado, vestida con vaqueros o enormes sudaderas. Jamás había sido una chica femenina. Pero aquella noche no había duda de que era toda una mujer. Una mujer generosamente dotada. La mirada azul se deslizó desde la suave y blanca curva de los pechos hasta la boca.

–Ni se te ocurra –le espetó Holly con los carrillos sonrojados y los ojos marrones echando chispas.

¿Tan repulsiva le resultaba la idea de besarlo como para ni siquiera tolerar un inocente beso que calmaría a la reportera?

Eric advirtió, por primera vez, la perfecta manicura, a tono con el carmín de labios y las uñas de los pies. No recordaba haber visto nunca a Holly maquillada, y desde luego nunca le había visto hacer nada especial con su desgreñado pelo cobrizo. Pero aquella noche lo llevaba peinado en una caótica maraña de rizos, dándole el aspecto de acabar de dejar a su amante en el lecho.

Y su olor… respiró hondo. Olía como una mujer que no utilizaba colonia para enmascarar su aroma natural.

La reportera les animó a que se acercaran aún más. Holly lanzó una furiosa mirada al fotógrafo.

–Tienes tres segundos para hacer esa foto antes de que nos larguemos de aquí.

Sonó el disparo de la cámara.

–Disculpadnos –dijo Eric mientras agarraba a Holly de un codo y la empujaba hacia la salida.

–El seguimiento de vuestras citas va a ser lo más importante de este reportaje –Octavia les siguió–. Holly, piensa en todo el trabajo que te proporcionará. Considéralo una publicidad gratuita. Y, ya que somos amigas, tengo derecho a conocer el resultado de vuestras citas.

La última frase sonó como una amenaza para Eric, pero antes de poder pedirle a la periodista una aclaración, Holly soltó un juramento. A sus espaldas, el griterío se hizo ensordecedor.

–Mira, Octavia –Holly señaló hacia el escenario–. Van a sacrificar a otro soltero. Buenas noches.

Holly salió del local y se encaminó con pasos vacilantes sobre el césped hacia el campo de golf. Eric la siguió para hablar sobre el reembolso del dinero.

De repente se paró en seco y se dobló por la cintura con tanta brusquedad que estuvo a punto de caerse de cabeza. Eric la sujetó por las caderas y el trasero de ella se hundió contra la entrepierna de él mientras se quitaba los zapatos. La postura hizo toda clase de juegos sucios con las hormonas del hombre, que la soltó de inmediato y se apartó unos centímetros.

No se había acostado con una mujer desde que Priscilla lo había abandonado cuatro meses atrás. No porque aún guardara luto por su ex novia o la relación fallida, sino porque la fusión entre Alden y Wilson, otro gran banco privado, no le había dejado tiempo para ello

Holly se irguió con los zapatos en la mano y reanudó su marcha. Al llegar a las gradas situadas junto al hoyo dieciocho, se sentó, y se levantó como impulsada por un resorte llevándose una mano al trasero.

—Estoy mojada.

El corazón de Eric dio una sacudida contra el pecho.

—Por culpa del rocío de la grada, casanova —ella le dio un golpecito en el estómago.

Eric no se sintió desilusionado, en todo caso, avergonzado. A los treinta y seis años no debería ser tan transparente, ni emocionarse tan fácilmente. Además, se trataba de Holly, un marimacho malhablado, la hermana pequeña de Sam y Tony. Existía una regla no escrita entre amigos. Él no salía con sus hermanas y ellos no salían con la suya. A pesar de su metro noventa y cinco y sus noventa y nueve kilos, no deseaba enfrentarse a los hermanos de Holly por algo que podía evitarse.

Además, el club Caliber tenía una de las cuentas más importantes del banco Alden. Enemistarse con los Prescott podría costarle muy caro a la empresa Alden.

Holly se dio la vuelta y le ofreció una clara imagen de la tela húmeda pegada a su perfecto trasero. No se veían marcas de ropa interior. Eric reprimió un gemido, se quitó la chaqueta del frac y la extendió sobre la grada. Tras un momento de duda, ella se sentó y lo miró a los ojos.

—Tenemos un problema.

—¿Además de la reportera? —y la involuntaria e indeseada atracción por Holly.

—La reportera es el problema, Eric. Tú y yo trabajamos cara al público. Dependemos de nuestra reputación. Si renegamos de las citas, Octavia lo publicará en su columna del sábado, y vamos a parecer unos estafadores. Créeme, conozco la retorcida mente de Octavia. Nos convertirá en el hazmerreír de la ciudad. A mí eso no me conviene, y supongo que a ti tampoco.

El orgullo de Eric no resistiría otro envite y, con la inminente fusión bancaria, no podía permitir que la publicidad afectara negativamente la posición negociadora de Alden.

—¿Por qué no mencionaste antes tu relación con la reportera?

Holly respiró hondo y el juego de luces y sombras de la luna sobre el pecho atrajo la mirada de Eric. Él conocía a la Holly de anchos hombros y complexión atlética. Quince años atrás, solía pasar muchas tardes jugando a la pelota con los hermanos de la chica quien, a menudo, se unía a ellos. Era rápida y lanzaba bien. Pero lo que no había advertido entonces era que los

14

pechos estaban en consonancia con la estatura y la firmeza muscular. Se le disparó el pulso.

–Porque no sabía que Octavia lo convertiría en un asunto personal. Además, fue idea tuya que yo te comprara, ¿recuerdas? Mi idea era salir sola de la subasta.

–¿Y qué sugieres? –Eric se sentó junto a ella y sus hombros se rozaron. Las chispas saltaron de inmediato, pero las ignoró. Al menos lo intentó.

–Tendremos que pasar a la acción. Si Octavia está cerca, quiero que me trates como a cualquier otra cita tuya. Con suerte, pronto perderá interés. Si no la tenemos, pues sólo son once citas las estipuladas. Sobreviviremos. De algún modo –dijo ella sin un ápice de entusiasmo.

¿Sobreviviría? El comentario hirió profundamente el orgullo masculino de Eric y, de inmediato, recordó la frase de Priscilla. «El único lugar en el que no me aburres es en la cama». Si había aburrido a su tradicional novia, a un espíritu libre como Holly le induciría, como poco, un coma.

–No puedo tratarte como a cualquiera de mis otras citas.

–¿Y por qué no? ¿Tan repulsiva resulto?

–Me acuesto con la mayoría de las mujeres con las que salgo, a la tercera cita, si no antes –estaba lejos de resultar repulsiva, pero no sería sensato hablar sobre su belleza.

–Pues esta vez no, amigo. Te has equivocado. No soy tu tipo –ella tragó con dificultad.

–Ni yo el tuyo, supongo.

–Ni de lejos –ella sonrió–. Sólo iremos a cenar y esas cosas, ¿de acuerdo? ¿Qué podría salir mal?

Los aspersores del campo de golf se pusieron en marcha y Holly recogió sus zapatos y avanzó entre los chorros de agua. Eric tomó su abrigo y corrió tras ella hasta el aparcamiento. Los rojos cabellos y el vestido estaban empapados y pegados al cuerpo de la mujer. El rímel chorreaba por las mejillas, pero, en lugar de quejarse, Holly reía y miraba hacia el cielo.

–Me lo tengo merecido por intentar engañar a mis amigas. De acuerdo, de acuerdo, lo siento.

Cualquiera de las mujeres que conocía Eric se hubiera derrumbado tras ver cómo su noche, y seguramente su vestido, quedaba arruinada. Sacó un pañuelo del bolsillo y se lo ofreció a Holly.

–Gracias –ella se secó el rostro y sonrió–. Supongo que no tendrás una toalla de baño por ahí…

–Hoy no la he traído –Eric le devolvió la sonrisa y algo en su interior se removió.

Sin embargo, al fijar la mirada en el empapado vestido, la sonrisa se esfumó. La tela moldeaba el cuerpo de Holly, marcando los erectos pezones y hundiéndose en el ombligo. Si antes ya le había parecido el vestido sexy, verlo pegado al curvilíneo cuerpo como una segunda piel, provocó una respuesta directamente en la zona peligrosa y le obligó a tragar con dificultad.

Y de repente lo comprendió. Había calculado mal.

La solución ideal para escapar de la subasta se había convertido en un campo minado.

Capítulo Dos

Abandonada y sola. Una situación que empezaba a resultar demasiado familiar para Holly.

Se apartó los mojados cabellos del rostro, agarró el vestido y miró a Eric de frente. El agua había convertido la blanca camisa de seda en casi transparente. Se distinguían los oscuros rizos del pecho e incluso los bordes de los pezones. Un calor del que no era responsable la noche de junio se instaló en su estómago.

–¿Podrías llevarme a casa? –ella lo miró a los ojos.

–Claro –alto, moreno y más guapo que ninguno de los modelos que ella había dibujado en la escuela de arte, Eric señaló hacia un Corvette negro–. No te he devuelto tu cuantiosa apuesta.

–Adelante, regodéate –Holly sonrió y puso los ojos en blanco–. Sé que te mueres de ganas.

–Nunca me había alegrado tanto de despilfarrar quince mil dólares –sonrió él.

–Los tíos y vuestro ego –bromeó Holly, reconociendo en la sonrisa de Eric al chico por el que había bebido los vientos de adolescente–. Tendría que haber dejado que tu ex novia te comprara.

–Gracias por subir su apuesta –la sonrisa se esfumó del rostro de Eric.

–Lo prometí y, para bien o para mal, siempre mantengo mi palabra.

Eric abrió la puerta del coche y sujetó a Holly mientras se sentaba en el asiento de cuero. Ella deseó que dejara de tocarla. Cada vez que lo hacía algo se tensaba y retorcía en su interior.

Veinte minutos más tarde, el coche estaba aparcado frente a la valla blanca que rodeaba la granja. Al bajarse del coche fue recibida por un coro de ladridos.

–Está bien, chicos, soy yo –gritó ella y el tono de los ladridos pasó de amenazador a amistoso.

Eric se quedó de pie con las manos en las caderas mientras examinaba la granja.

–¿No es el destartalado cuchitril que te esperabas?

–Es bonito –Eric desvió la mirada y la posó en ella.

Holly se sintió orgullosa. Su abuelo materno había construido la casa al casarse, en los años treinta... Tras mudarse a la granja siete años atrás, no había dejado de hacer mejoras. La cuadra se había transformado en perrera, y el cobertizo en estudio. Salvo por diez de las quinientas hectáreas, el terreno estaba alquilado a un granjero que le suministraba maíz, pepinos y tomates.

–Ya sé lo que dicen a mis espaldas –ella se paró junto a Eric en las escaleras que conducían al porche–. Eso de que vivo aquí desterrada porque no sé cómo comportarme en sociedad.

–Esto no parece un exilio –observó él.

–Y no lo es. Es mi casa. Pasa –ella subió las escaleras y abrió la puerta.

No era la primera vez que entraba un hombre en su casa, aunque siempre solían ser inadaptados sociales como ella.

La puerta se abrió, dando paso a un minúsculo recibidor con unas escaleras que conducían al inacabado ático. El salón estaba a la izquierda del recibidor, y el dormitorio a la derecha.

–¿Te apetece tomar algo mientras me cambio?

–No, gracias.

–Abajo, Seurat, Monet –dos perros surgieron de la cocina y pronto estuvieron rodeados.

–¿Les has puesto a tus perros nombres de pintores? –Eric se agachó para acariciarlos.

–Sí. Seurat tiene motas y los colores de Monet se funden sin líneas definidas. Están aquí dentro mientras se recuperan de la operación. Necesitan un hogar, de modo que si sabes de alguien que quiera un chucho –no era probable entre los amigos de Eric, amantes de las razas puras.

–Y están aquí ¿porque…?

–Porque vivo en el campo. Las personas abandonan a las mascotas que no quieren por aquí, y luego también están los que saben que yo recojo animales abandonados –ella se encogió de hombros–. Hago que el veterinario los examine y los castre, y después intento buscar a alguien que los adopte. Siéntate –añadió mientras señalaba hacia el sofá y unas sillas–. Dame un minuto para ponerme ropa seca y podremos discutir los detalles de las citas.

Holly entró en el dormitorio, se quitó el vestido mojado y lo colgó del espejo de su abuela.

–Debo confesarte, Eric, que hasta que el maestro de ceremonias no describió tu lote para la subasta ni siquiera sabía cuántas citas comprendería –ella alzó la voz lo bastante como para hacerse oír a través de la puerta entornada.

De repente sonó un familiar chirrido de bisagras que le hizo ponerse tensa mientras miraba su reflejo en el espejo. Seurat había abierto la puerta del dormitorio de un empujón y Eric no estaba en el salón. Estaba en el sitio exacto en el que ella lo había dejado y le miraba fijamente el trasero desnudo, mientras el espejo reflejaba claramente la parte delantera.

Agarró el vestido colgado del espejo y se tapó con él mientras se daba la vuelta. Eric, maldito fuera, ni siquiera desvió la mirada. Su mirada azul recorrió cada centímetro de su piel.

–Disculpa –el corazón de Holly galopaba alocadamente mientras cerraba la puerta.

Lo único peor que liarse con otro hombre necesitado sería liarse con uno procedente de un mundo en el que ella había fracasado estrepitosamente, un mundo al que tendría que volver, envuelta en un coro de «ya te lo dije», si no conseguía localizar a su ex novio, que la había engañado para que le prestara un dinero avalado con el fideicomiso.

–¿Qué estás haciendo? –la hermana de Eric irrumpió en la oficina el lunes por la mañana.

–Buenos días, Juliana. Trabajo en una cuenta para decidir qué ramas debemos consolidar cuando se produzca la fusión –su hermana tenía un interés personal en la fusión entre Alden Bank y Trust–Wilson Savings & Loan, un interés que había puesto en peligro la noche del sábado al comprar al soltero equivocado–. Uno de los dos debe pensar en la fusión.

–Me refiero a Holly –el rostro de Juliana se oscureció de ira–. Aparte de ser mi mejor amiga, y por tanto estar fuera de tu alcance, ¿cómo te atreves a aprovecharte de su generosidad y engañarla para que te comprara? Ella se merece a un hombre que la trate como la persona especial que es. Tú no tienes ni idea de lo que es el romanticismo.

Las acusaciones hirieron el orgullo de Eric. Su ex novia había gritado cosas parecidas, entre otras palabras escogidas, en lugar de los tradicionales votos, frente a los invitados a la boda, justo antes de salir corriendo por el pasillo. Sola y soltera.

–¿Y tú qué? Deberías haber comprado a Wallace Wilson, tu novio, y no a ese camarero ciclista. ¿Reflexionaste acaso sobre las consecuencias de tu acción antes de elegir, Juliana?

–Wally aún no es mi prometido, y no estamos hablando de mí, sino de ti.

–No tengo ninguna intención de tener nada más que una relación superficial con Holly. Ninguno de los dos queremos cumplir con las citas, pero su amiga reportera nos presiona. Fingiremos ante la cámara hasta que Octavia Jenkins pierda interés. Pretendo evitar habladurías que puedan perjudicar la fusión, y pensé que Holly sería una alternativa segura.

Pero no podía haber estado más equivocado. A pesar de los vaqueros y la amplia camiseta que Holly se había puesto el sábado por la noche, no podía olvidar su cuerpo desnudo.

Aquella mañana la había llamado para fijar una cita para la noche del día siguiente.

–¿Holly? ¿Segura? –su hermana soltó una carcajada–. No sabes lo que dices.

–¿Y qué se supone que significa eso?

–Significa, hermanito, que Holly no es una de tus habituales debutantes. A ella le interesa más el interior de las personas, Eric, y tú, como mamá, posees una calculadora en lugar de corazón.

–¿No crees que sea capaz de hacerle pasar un buen rato a Holly? –Eric se giró en el sillón.

–¿Quieres la verdad? –ella se cruzó de brazos–. No.

–Entonces, prepárate para tragarte tus palabras.

Eric disfrutó de la cena en uno de los mejores restaurantes de Wilmington, como siempre, aunque el único entusiasmo mostrado por Holly fuera hacia la crema tostada.

«El cliente debe quedar satisfecho». Había decidido que el mejor enfoque para encarar las citas con Holly era considerarla como a un cliente. Tenían un contrato verbal, y ella había pagado por sus servicios, a pesar del cheque de reembolso que llevaba en el bolsillo. Jamás mezclaba los negocios con el placer. La única vez que lo había hecho, con Priscilla, había salido chamuscado.

–¿Te importaría caminar junto a la orilla? –dijo Eric mientras la sujetaba por el codo.

–Claro. ¿Por qué no?

Holly llevaba zapatos planos y un sencillo vestido negro que no se parecía en nada al seductor modelito del sábado anterior. Tenía un cuerpo increíble. Ni demasiado curvilíneo, ni demasiado delgado. Poseía unas femeninas curvas que suplicaban que un hombre explorara su topografía con sus manos y con su boca.

Las largas zancadas de Holly dejarían a un hombre más bajito atrás, pero él se mantuvo a su lado hasta que, de repente, se paró en seco frente a una tienda de regalos. Un cartel que anunciaba un paseo fantasmagórico por el Wilmington histórico llamó su atención. Eric hundió las manos en los bolsillos y esperó a que reanudara la marcha, pero ella lo miró con un brillo de excitación en la mirada y lo dejó boquiabierto.

–¿Te apetece? Empieza dentro de diez minutos.

–Sacaré las entradas –su orgullo exigía que ella se lo pasara bien y hasta ese momento había fracasado estrepitosamente. Si ese espectáculo para turistas le gustaba… «Sobreviviré», pensó.

Treinta minutos más tarde, Holly se pegó a él en el interior del teatro, declarado como embrujado desde 1800. Desde el comienzo de la función, ella se sobresaltó con cada grito y se quedó sin aliento junto con los demás idiotas que iban tras el guía.

¿Quién hubiera pensado que Holly creería en fantasmas? Eric se compadeció de ella y pasó un brazo por sus hombros. Casi de inmediato, reconoció que había sido un error.

Holly se hundió contra él y sus pechos se aplastaron contra las costillas del hombre mientras proseguían el paseo por el crujiente suelo de madera. Su aroma le llenó los pulmones y sus cabellos le hicieron cosquillas en la mandíbula. El calor que emanaba el cuerpo despertó la libido masculina que inundó su sangre como un ardiente y fantasmagórico aliento. Le hizo falta toda la concentración del mundo para centrarse en el espectáculo y no en la mujer que estaba pegada a él.

Al finalizar el recorrido, tuvo que admitir que, de haber sido más susceptible, habría disfrutado con las payasadas desplegadas. Pero él era un cínico. El humo y los espejos no le interesaban. Sin embargo, el rubor de las mejillas de Holly y el brillo de sus ojos hicieron que cada céntimo de la entrada mereciera la pena.

–Gracias, ha sido increíble –fuera del teatro, Holly echó una última ojeada a su espalda, como si esperara que apareciera algún fantasma.

La amplia y franca sonrisa le recordó a Eric la chica que había sido años atrás, y el idealista y estúpido recién licenciado que había sido él. ¿Sólo habían pasado catorce años desde que empezara a trabajar para Alden? Parecía que hubiera pasado una vida desde que fue consciente de que su padre era el hazmerreír de muchos de sus empleados del banco. Era un títere que obedecía todas las órdenes de su esposa, como un perro bien entrenado. Un hombre más interesado en un buen puro, o un partido de golf, que en un balance económico.

El día que oyó las risas en la sala de descanso, había decidido que él jamás sería objeto de burla. Sería bastante hombre por los dos. Y lo había logrado, hasta que Priscilla lo había puesto en ridículo. El reportaje sobre la maldita subasta podría hundirle.

–Me alegro de que te haya gustado la visita guiada. Creo que deberíamos volver. Mañana tengo que madrugar –Eric la condujo hasta el coche y se dirigió hacia la granja–. Háblame de tu negocio.

–¿Quieres decir que no has leído mi expediente? –preguntó ella perpleja.

–¿Tienes una cuenta en Alden? –dijo él tras unos segundos de duda.

–Tengo varias –de nuevo una pausa–. Trabajo sobre todo para empresas, pero también hago vidrieras para casas particulares. Doy clases una vez a la semana, no sólo porque me guste compartir mi oficio, sino porque mis alumnas a menudo me encargan vidrieras para sus casas y me recomiendan a sus amigos o al consejo de las organizaciones a las que pertenecen.

–Una forma inteligente de hacerte publicidad –admitió él.

–Eso creo yo.

–¿Prefieres hacer vidrieras a trabajar en el club Caliber?

–Desde luego, no hay comparación posible.

Él se preguntó por qué habría rechazado la seguridad de un empleo fijo y bien pagado por la arriesgada aventura del vidrio tintado. Al llegar a la calle de Holly vio un coche negro aparcado junto a un árbol.

–Tienes compañía –la curiosidad de Eric tendría que esperar para ser satisfecha.

–Genial –el tono sarcástico sugería lo contrario–. Es Octavia.

La reportera y el fotógrafo saludaron desde la parte delantera del coche.

–¿Qué querrán?

–Ver cómo acaba nuestra cita –dijo Holly.

–¿Perdón? –Eric sintió un cosquilleo en la columna vertebral.

–Las mujeres hablan en mi clase –Holly respiró hondo y lo miró con sus ojos de color caramelo–. Octavia cree que el primer beso predice el futuro de cualquier relación.

¿Tendría que besarla? La idea inundó de adrenalina todo su cuerpo.

–Eric –Holly se mordió el labio inferior–, supongo que no tenías intención de besarme, y por mucho que odie la idea, ¿te importaría besarme y que pareciera real? Eso la mantendrá lejos de nosotros. Al menos por esta semana.

La boca se le humedeció y el pulso empezó a atronar como una banda que se dirigiera hacia la zona peligrosa localizada por debajo del cinturón. Se limitó a asentir, porque las palabras que tenía en la punta de la lengua, «me encantaría», estaban fuera de lugar.

Con una mano apoyada en la zona baja de la espalda, la acompañó hasta la puerta de la casa. Holly se volvió hacia él y bajo la suave luz del porche

respiró hondo mientras, visiblemente, se preparaba para aguantar el beso.

«Se preparaba», como si ser besada por él fuera
un sacrificio. El orgullo de Eric rugió furioso. Respiró una vez, dos, mientras calmaba su irritación y
los músculos se relajaban. Lo único que precisaba era
una buena técnica. Una técnica dulce, controlada,
seductora. Ninguna mujer se resistía a sus besos. No
se conformaba con menos de una rendición.

Bajó la cabeza hasta que sus bocas estuvieron casi
pegadas, y esperó. Esperó a que el aliento de Holly
acariciara su barbilla. Esperó a que su pulso se relajara. Y cuando su corazón se aceleró en lugar de cal-
marse, rozó los labios de Holly con los suyos. La chis-
pa lo sacudió. Presa de curiosidad, probó de nuevo,
y la corriente llegó hasta sus pies. A juzgar por el
respingo de Holly, ella sentía lo mismo. Posó la boca
sobre la de ella y se hundió en la suave lujuria de sus
labios. Cualquier intención de emplear la técnica
del control se esfumó. Eric la envolvió en sus brazos,
presionando las suaves curvas contra su cuerpo e
intensificó el beso.

La sensación de Holly en sus brazos era buena,
demasiado buena. La pelvis de la mujer presionaba
contra él. La respuesta masculina fue instantánea y
entusiasta.

Inaceptable.

Imperdonable.

Vergonzosa.

Era demasiado mayor para excitarse por un beso.
Tan sólo esperaba que Holly no se hubiera dado

cuenta. La agarró por los brazos, levantó la cabeza y se separó de ella.

–Buenas noches –dijo con voz entrecortada, dado que sus pulmones no respondían.

–Buenas noches –ella se humedeció los labios y levantó una mirada aturdida hacia él.

En lugar de soltarla, tal y como le ordenaba el cerebro, Eric la abrazó con más fuerza y la besó una y otra vez mientras su consciencia gritaba, «pero... ¿qué haces?».

Ella le rodeó el cuello con los brazos y presionó sus pechos contra él. Los dedos de Eric iniciaron un ascenso desde la cintura. Tenía que tocarlos. Tenía que hacerlo.

El sonido de un coche que se alejaba por el camino de tierra le pasó desapercibido, pero el ladrido de los perros le hizo despertar y las manos se pararon a pocos centímetros del objetivo.

–Octavia se ha marchado –Holly se puso rígida y se apartó de él–. Supongo que la hemos convencido –añadió mientras se humedecía nuevamente los labios.

La necesidad lo aguijoneaba, pero Eric la soltó.

¿Qué demonios había pasado?

Fuera lo que fuera, no podía volver a suceder.

Él, mejor que nadie, sabía que un fuerte apego emocional debilitaba a un hombre. Y si necesitaba que se lo recordaran, no tenía más que mirar a su sumiso padre.

Se marchó en cuanto pudo y, pasados unos minutos, se dio cuenta de que aún llevaba el cheque de

Holly en el bolsillo. No podía volver a la granja. Hasta aquella noche, ninguna mujer le había afectado tanto como para hacerle olvidar que el dinero era lo más importante.

Holly entró en la casa y apoyó la espalda contra la puerta, deslizándose hasta el suelo.

Si alguien le hubiera dicho que los besos del estirado Eric Alden encerraban más promesas sexuales que el *Kama Sutra*, se habría echado a reír.

Qué injusto que cuando por fin conocía a un tipo que la excitaba así, era el tipo que no podía tener. No sólo había fracasado en el mundo de Eric, sino que había prometido a Juliana, tras la subasta, que las citas con su hermano no incluirían nada sexual.

Los besos que acababan de compartir la habían convertido en una mentirosa. De haber sido cualquier otro, le habría invitado a entrar en su casa. Pero se había prometido a sí misma que sólo se conformaría con la felicidad eterna. Mejor sola que volver a sufrir una desilusión.

Tendría que mantener las distancias. Mientras no volviera a besarla, las cenas en los lujosos restaurantes le permitirían ignorar la química que existía entre ellos. Cada cita sería un recordatorio del mundo que había dejado atrás, del mundo que le había dado la espalda.

Juliana y Andrea eran las únicas que habían seguido a su lado tras abandonar su trabajo en el club

Caliber y mudarse a la granja de sus abuelos. Ser feliz era más importante que ser aceptada.

Eric triunfaba en una sociedad repleta de restricciones, expectativas y convencionalismos, pero ella era una fracasada que había tenido que escapar para no asfixiarse. Él era un rico banquero y ella un alma en pena que había dado más de lo que se podía permitir.

A pesar de los ardientes besos, Eric y ella no podían ser una pareja más desigual, algo que no debería olvidar si volvía a besarla de ese modo.

Capítulo Tres

Holly procuró ignorar el ruido de las tazas de café a su espalda mientras medía la ventana.

De no haber dejado atrás el club Caliber, en esos momentos podría estar sentada en ese grupo. Pero, como de costumbre, no encajaba en aquel lugar.

–¿Por qué apostaste por Eric, Holly?

–¿Y por qué no? –la cinta métrica metálica casi le cortó los dedos al enrollarse. Miró a su clienta y buscó una respuesta aceptable. Sin embargo, la verdad no era una opción–. Es muy atractivo.

–Y bueno en la cama –dijo una de las otras mujeres.

Holly miró fijamente a la delgadísima morena que contemplaba, una a una, a sus amigas.

–¡Por favor! No soy la única que se ha acostado con Eric Alden. Y es fabuloso en la cama, ¿no?

Tres de las seis cabezas asintieron mientras Holly se esforzaba por evitar que su mandíbula cayera al suelo. ¿Aquellas mujeres se habían acostado con Eric? Se volvió hacia la ventana para ocultar su amargura. ¿Por qué le sorprendía tanto?

–Pero ¿por qué comprarle a él? Atractivo o no, no es tu tipo –insistió su clienta. Charlise Harcourt era alumna de Holly desde hacía dieciocho meses, por lo que había conocido a Lyle, el *error* que se había largado con el dinero del fideicomiso.

–Pues… ¿para ser tratada como la Cenicienta?

Las mujeres asintieron y Holly luchó por ocultar su repulsión. En su opinión, la Cenicienta y todas sus primas de los cuentos de hadas deberían espabilarse y aprender a resolver sus problemas en lugar de esperar a que apareciera un tipo para hacerlo por ellas.

–Eric puede ser el príncipe Encantador, siempre que no olvides que el baile acaba a medianoche. No es la clase de hombre que se comprometa, a no ser que le sirva para impulsar su carrera.

Un silencioso «y ése desde luego no es tu caso», quedó flotando en el aire.

–Ese banco es su esposa y su amante –dijo la morena–. Una simple mujer no puede competir con él.

–Acordaos de la boda –una tercera se unió a la charla–. Aquello no era una unión por amor. Lástima que Priscilla no fue lo bastante lista. Yo hubiera aceptado sin dudar una vida de sexo y bolsillos sin fondo, aunque no hubiera habido amor. Para eso están los entrenadores personales y los profesores de tenis.

–Señorita Harcourt –era demasiada información para Holly, que se apresuró a recoger sus cosas–. La semana que viene tendré preparado un boceto para su aprobación –el móvil sonó–. Discúlpeme –dijo mientras le daba la espalda a la mujer–. Rainbow Glass, soy Holly.

–Tenemos que acordar nuestra siguiente cita.

–¿Dos veces en una semana? –era Eric, y a Holly se le hizo un nudo en la garganta mientras sentía un cosquilleo en la espalda, sabedora de que media docena de pares de ojos la miraba.

—El lote de la subasta estipula dos citas semanales.

¿Por qué no se había molestado en leer la letra pequeña? Porque no contaba con tener que llevar a cabo las citas. Por eso.

—Podré con ello —ella eligió cuidadosamente las palabras—. Pero ahora no puedo hablar.

—Tengo tu cheque —él no captó la indirecta.

—Eso dijiste la última vez —necesitaba ingresar el dinero y transferir los fondos antes de la fecha límite de la factura de su tarjeta de crédito. Estuvo a punto de soltar una carcajada. Un banquero comprado a crédito. Eric se sentiría espantado.

—¿Te hace falta ahora? Puedo pasarme por tu casa.

—No estoy en casa. Estoy trabajando y tengo que colgar.

—Entonces, esta noche. Te recogeré a las seis.

Parecía más una orden que una invitación, pero Holly no podía hablar delante de esas chismosas.

—De acuerdo. Esta noche —dijo mientras colgaba sin esperar respuesta y se daba la vuelta para despedirse. Las afectadas sonrisas de las mujeres hicieron que se le incendiaran las mejillas—. Volveré con el boceto preliminar. Que tengan una buena tarde.

—Holly —Charlise la acompañó a la puerta—, disfruta esta noche, pero no olvides lo que hemos dicho.

Como si pudiera hacerlo.

Eric Alden. Bueno en la cama.

Eso no era bueno que lo supiera.

Eric nunca había tenido que esforzarse tanto por mantener la atención de una mujer. Frustrado ante su fracaso, miró a Holly y giró el coche hacia la calle Carolina Beach, en dirección a la granja. Esperaba que la reportera no estuviera allí, porque no tenía previsto darle otro beso.

Durante la cena había agotado todos los temas de conversación. Aparte de la atracción física entre ambos, atracción que intentaba ignorar, no había encontrado muchas afinidades.

Su madre había preparado el lote de la subasta y las citas a sus espaldas, pero había tenido en cuenta su preferencia por los restaurantes tranquilos, la buena comida, una nutrida carta de vinos y un servicio ejemplar. Cualidades que no puntuaban en la lista de Holly.

Holly se tensó bruscamente con la mirada fija en el campo de minigolf. No había mostrado tanto entusiasmo en toda la noche. Sin pensárselo, Eric salió de la autopista y paró el coche.

–No recuerdo que esto formara parte del lote –Holly lo miró como si se hubiera vuelto loco.

–Tampoco la visita guiada al teatro embrujado –dijo mientras salían del coche. Holly llevaba otro traje de los que ocultaban su figura, pero eso ya no importaba. Había visto sus generosas curvas, desgraciadamente. Tampoco ayudaba el que la brisa nocturna le levantara la falda.

–Te voy a dar una paliza. Soy muy buena.

–No amenaces con algo que no puedas cumplir, señorita Prescott –Eric culpó a su naturaleza competitiva de la repentina oleada de adrenalina.

Pagó la tarifa y eligió una pelota y un palo, pero Holly hizo una seña al recepcionista, quien sacó otros palos de debajo del mostrador. Eric se preguntó con cuánta frecuencia acudiría ella allí.

–¿Has jugado alguna vez? –Holly le entregó un palo a Eric.

–No te preocupes por mí –jugaba al golf, y bastante bien. El minigolf no podía ser muy diferente. Era una pena que no hubiera llevado sus propios palos de golf.

–¿Te apetece que apostemos algo?

–¿El qué? –él rara vez apostaba.

–Si yo gano, sustituimos uno de los pomposos restaurantes de tu lista por uno de mis favoritos.

–¿No te ha gustado la cena de esta noche?

–La comida estuvo bien –ella arrugó la nariz–, pero cada vez que bebía un sorbo de vino, el camarero se apresuraba a rellenar la copa. Llegó un momento en que ya no me atrevía a beber.

–A mí me pareció que el servicio fue excepcional, y fue debidamente recompensado por ello.

–Bueno o no, resulta desconcertante que alguien vigile cada uno de tus movimientos –Holly se preparó para golpear con el palo–. ¿Qué hubiera pasado si hubiésemos querido disfrutar de una cita íntima? Por agradable y atento que fuera, era como tener una carabina.

Eric jamás había tenido esa clase de citas. Jamás se permitía a sí mismo necesitar tanto a una mujer. Y jamás lo haría.

−¿Cómo puedes relajarte y disfrutar de una comida cuando el principal motivo para comer en un sitio así es ser visto por las personas adecuadas? −la pelota de Holly entró en el hoyo.

−¿Cómo lo has logrado de un solo tiro? −Eric frunció el ceño. Le habían sorprendido tanto sus palabras que se había olvidado de estudiar su técnica.

−Física −ella se encogió de hombros−. Es como el billar, hay que golpear con la pelota en el lugar adecuado de la mesa.

Él sabía jugar al billar. Se colocó, golpeó la pelota... y falló por poco. Los labios sin maquillar de Holly se curvaron en una sonrisa. Nunca había salido con una mujer que no se hubiera excusado tras la cena para retocarse el maquillaje. Holly ni siquiera se había molestado en hacerlo. Se había mostrado demasiado ansiosa por abandonar el restaurante y... ¿a él?

Eric apretó la mandíbula, estudió el césped artificial, se colocó y... volvió a fallar.

−No te rindas aún, sólo estás en par más tres −dijo ella, visiblemente anticipando su victoria−. Eric, relájate. Sólo es un juego.

Sólo un juego. Era evidente que Holly había olvidado lo mal que le sentaba perder.

Diecisiete hoyos más tarde, ella lo había destrozado, literal y vergonzosamente.

–Hacías que pareciera sencillo –dijo él antes de arrancar el coche.

–Ya sabes, las apariencias engañan. Esto está muy cerca de mi casa, de modo que conozco bien el circuito. ¿Cómo si no iba a saber que Ira guardaba los palos buenos bajo el mostrador?

Había subestimado a Holly. Pero no volvería a ocurrir.

Había poco tráfico y en veinte minutos podría dejar a Holly en su casa y volver a la suya para estudiar los últimos detalles de la fusión. ¿Por qué no le seducía ese plan?

–¿Qué otros deportes debería evitar si quiero escapar de la humillación total en tus manos? –el aroma de la mujer lo torturaba en el reducido espacio del interior del coche.

Tenía que comprarle un frasco de perfume. Uno de los caros y que llevaran miles de mujeres sería más soportable que el atractivo aroma, exclusivo de Holly, que llenaba sus pulmones.

–Alégrate de que Octavia no fuera testigo de tu derrota.

–¿Crees que estará esperándonos a la puerta de tu casa? –Eric se centró en el reto que tenía por delante. ¿Cómo iba a poder evitar besarla de nuevo?

–No le hablé de nuestra cita –Holly lo miró con expresión culpable.

–Yo tampoco –dijo él, satisfecho.

–Según la letra pequeña, que por fin me he leído, se supone que debemos informarle de cada cita por adelantado para que pueda observar si lo desea.

–Ya presenció el final de nuestra última cita –el recuerdo de los besos de Holly encendió un fuego en su interior–. La próxima vez se lo diremos –paró el coche frente a la entrada y un coro canino rompió el silencio–. ¿Sucede algo?

–Será un mapache o una zarigüeya que busca comida. De todos modos siempre compruebo las perreras antes de irme a dormir. Pronto lo sabré.

–¿Las revisas tú sola?

–¿Crees que necesito un guardaespaldas para protegerme del hombre del saco?

–Te acompañaré –aunque el patio estuviera bien iluminado, alguien o algo podría estar escondido entre las sombras. Pero ¿qué le importaba eso a él?

–No es necesario, pero puedes venir si quieres. A lo mejor te animas a llevarte a alguien contigo.

–¿Disculpa? –él la miró perplejo.

–Alguien con cuatro patas –aclaró ella–. Tengo un cruce de pastor que sería perfecto para ti. También es un poco quisquilloso con la comida y muy pagado de sí mismo.

Holly le había pinchado sutilmente durante toda la velada. ¿Por qué se lo consentía? Sospechaba que tenía algo que ver con que no estuviera siempre de acuerdo con él. Una mujer que se atrevía a cuestionar sus opiniones era una experiencia nueva para él. El dinero no sólo compraba poder, también compraba personas. Pero no a Holly.

La siguió hasta la cuadra y se quedó parado, sorprendido. Había esperado encontrar establos de madera, tan deteriorados como el exterior, sin embargo, la estructura había sido totalmente remozada. El suelo era de cemento y, a cada lado del amplio pasillo, se situaba media docena de espaciosas perreras. Cada jaula albergaba al menos un perro y contenía una mullida cama para cada uno. La primera jaula albergaba a una hembra y sus cachorros.

–¿Son todos abandonados?

–Sí. Da pena ver cómo algunas personas pueden abandonar a un ser querido cuando ella ya no les conviene.

¿Ella? Hablaba de los animales, ¿no?

Holly paseó frente a las jaulas, repartiendo galletitas y hablándole a cada perro.

–La remodelación debe de haber costado mucho, lo mismo que el mantenimiento.

–¿Por qué te crees que accedí a comprarte? –ella lo miró a los ojos y enarcó las cejas de color canela–. Me prometiste dinero para mi familia. Por cierto, gracias por el cheque.

–De nada –¿qué había querido decir al referirse a esos chuchos como a su familia? Su familia era dueña del club de campo más exclusivo de la Costa Este, que incluía un puerto deportivo y un campo de golf que había recibido varios premios.

–¿Ves alguno que te apetezca llevarte a casa? Todos están vacunados y esterilizados, excepto Cleo. Hasta que no destete a los cachorros, no se la puede operar.

–No tengo tiempo para un perro.

–¿Cómo puedes resistirte a una carita tan adorable como ésta? –Holly entró en la jaula de la hembra y tomó a un cachorro negro y regordete en brazos.

—Te encanta cuidar de estos chuchos —lo que más llamó la atención de Eric fue la expresión de Holly. En sus ojos se reflejaba una satisfacción y una dulzura que no había visto antes.

—Todo el mundo necesita amor —ella lo miró a los ojos.

—Yo no creo que… —Eric se puso rígido cuando ella le entregó el cachorro.

—Un perro te ayudaría a relajarte, Eric.

—Yo no necesito relajarme —mientras sujetaba al cachorro una rosada lengua le lamió la mejilla.

—Y eso lo dice el tipo cuyos nudillos estaban blancos mientras sujetaba el palo de golf —ella se rió burlonamente—. ¡Por favor! Estás tenso como la cuerda de un violín.

Él jamás había tenido perro, ni siquiera un pez. Su madre tenía prohibidas las mascotas. Pero tuvo que admitir que tener en brazos a esa cálida criatura no resultaba del todo desagradable.

—Muy bien, si no puedo convencerte para que te lleves uno a casa —Holly se rió y devolvió al cachorro a su camada—, supongo que ya no nos queda nada más por hacer aquí.

—Podríamos colocar carteles en el banco con las fotos de los perros para los que buscas hogar —¿qué demonios estaba diciendo? La banca era un negocio. En su banco, o en su vida, no había sitio para los sentimentalismos, y eso era lo que provocaban esos chuchos abandonados.

–Sería estupendo –Holly abrió mucho los ojos, sorprendida–, pero me temo que tu madre vetará la idea.

El comentario le puso el vello de punta a Eric. Margaret Alden dirigía el banco con puño de hierro, pero en esa ocasión iba a mostrarse inflexible. Jamás le permitiría dominarle del modo que había hecho con su padre. Holly buscaba un hogar para sus bichos y él podía ayudarla.

–Es un servicio público y una ayuda a la comunidad. Ella accederá –ya se encargaría él de ello.

Antes de hacer alguna estupidez, como besar esa amplia sonrisa sin rastro de carmín, Eric se dio la vuelta y se dirigió al coche. Holly le estaba haciendo emplear los sentimientos en lugar del sentido común, y ésa era una práctica peligrosa que no tenía ninguna intención de continuar.

Entrar en el banco Alden como cliente era una cosa. Aparecer en la oficina central el viernes por la mañana y preguntar por el vicepresidente, sin tener una cita, era totalmente distinto.

Holly notó las curiosas miradas de los empleados sobre ella mientras subía las escaleras de mármol hasta la segunda planta.

El corazón le latía con fuerza. ¿Por qué le ponía nerviosa estar allí? Se había criado en los círculos más influyentes de la sociedad, y no era la primera vez que visitaba las oficinas del banco Alden. El despacho de Juliana se encontraba al otro lado de las escaleras. Los despachos acristalados le recordaban las jaulas del zoo. ¿Cómo lo soportaba Juliana?

Siguió las indicaciones del cajero hasta el despacho de Eric. Antes de poder decirle a la secretaria que, en efecto, era la pesada que había tenido la osadía de pedirle al cajero que anunciara su presencia allí, Eric levantó la vista y ella sintió que se le aceleraba el pulso.

«Besa bien».

«Bueno en la cama».

«Nena, aléjate de todo eso».

Deseó que aquellas mujeres no le hubiesen hablado de las proezas de Eric. Era lo último que necesitaba escuchar su necesitado cuerpo. Las citas con Eric no tenían nada que ver con los besos o con el sexo, pero sus famélicas hormonas parecían tener problemas para comprenderlo. Incluso había soñado con él la noche anterior.

El recuerdo de la expresión relajada de Eric al acariciar al cachorro le había conmovido. Seguramente no tenía ni idea de lo tenso que estaba, pero, durante una fracción de segundo, aquella noche había vuelto a ser el chico de aquellos días en los que jugaban al baloncesto frente a su casa. Mucho antes de que se convirtiera en un hombre que se casaría por el bien del banco.

–Buenas tardes, Holly –Eric se puso en pie y abrió la puerta de su despacho–. Adelante.

Llevaba un traje hecho a medida que resaltaba sus anchos hombros, el estómago plano y la elevada estatura. La camisa blanca acentuaba el bronceado y la corbata roja emanaba conservadurismo. Decididamente, un tío bueno, si era tu tipo, que no era su caso. A ella le gustaban los hombres que supieran divertirse, que no vivieran en un mundo donde guardar las apariencias era más importante que ser feliz, o donde los contactos eran más importantes que la amistad. Un hombre que se guiara por el corazón, no por la cabeza.

Examinó detenidamente el despacho. Alfombra gris. Escritorio negro. Sillas de cuero negro. ¿Por qué le sorprendía tanto la falta de color? Aparte de la corbata de Eric no había nada de color allí. Incluso los cuadros a carboncillo colgados de la pared eran blancos y negros.

Holly reprimió un escalofrío. Adoraba el color y no podía vivir sin él. Por eso le gustaba el vidrio tintado. Los colores y diseños estaban limitados únicamente por su imaginación, que había demostrado ser lo bastante grande como para meterla en toda clase de líos desde que se inventó a su primer amigo imaginario a los cuatro años. Unos años después, Andrea y Juliana habían sustituido a Amethyst, y las tres habían sido inseparables desde entonces.

–¿Holly?

–He traído las fotos de los perros –ella despertó de sus recuerdos–. Un amigo de una galería me ayudó a montarlas en estos marcos. Vendré los viernes para actualizarlas. He traído una para cada una de las sucursales de Wilmington. Cinco en total.

Eric tomó las fotos y, al hacerlo, sus manos se rozaron. El cosquilleo alcanzó el estómago de Holly mientras se mordía el labio inferior y esperaba a que él examinara las fotos. Había seis retratos por marco. El adolescente que trabajaba a tiempo parcial en la perrera la había ayudado a bañar y peinar a los perros antes de que ella les hiciera la foto. El resultado había sido mejor de lo esperado. Hasta el más lamentable de los chuchos resultaba bonito y atrayente.

–Haré que las cuelguen en el vestíbulo de todas nuestras sucursales.

–Gracias –Holly pensó que debería marcharse, pero los pies no se movieron de la alfombra. La noche anterior, mientras se recuperaba del sueño sensual que había tenido, se le había ocurrido que Eric podría ayudarla a encontrar a Lyle. Pero no podía contarle toda la verdad.

«Pídeselo».

¿Cómo hacerlo sin delatarse?

«Necesitas ayuda».

–¿Alguna vez has contratado los servicios de un detective privado? –se decidió al fin.

–Sí –Eric entornó los ojos–. El banco ha contratado a unos cuantos. ¿Por qué?

–Yo, pues… intento encontrar a alguien que conocí.

–Puedo recomendarte algunos bastante buenos y que no inflan los gastos –Eric se sentó tras el escritorio y consultó el ordenador. Después anotó unos nombres y direcciones en un papel.

–Gracias –tras aceptar el papel, Holly lo dobló y lo metió en el bolsillo de la camisa.

–Holly, ¿tienes problemas? –preguntó él con aire preocupado.

Problemas financieros, desde luego. Todavía tenía reservas para una temporada, pero los perros y los gastos cotidianos la empujaban al límite del presupuesto cada mes.

–Todo va bien –salvo por el dinero desaparecido–. El negocio nunca ha ido tan bien –cierto.

¿Cómo había podido juzgar tan mal a su ex amante? Las ideas de Lyle le habían parecido sólidas, y sus intenciones sinceras, de lo contrario no le hubiera prestado tanto dinero.

Pero el orgullo le impedía confesar sus penurias económicas, incluso a sus mejores amigas. A diferencia de Juliana y Andrea, ella no tenía una abultada cuenta corriente. Se había gastado una pequeña fortuna en la reforma de la granja. Y tenía esa debilidad por ayudar a los necesitados…

–Ya te he dicho que sólo busco a un viejo amigo.

–¿Sí? –Eric contestó al interfono tras dedicarle una mirada que indicaba que no se lo tragaba.

–Le esperan en la sala de reuniones en cinco minutos –dijo una voz impersonal.

–Gracias –contestó Eric.

–Será mejor que me marche –Holly se puso en pie y se dirigió hacia la puerta–. Gracias otra vez.

–No hay de qué –Eric llegó antes a la puerta y la mantuvo cerrada–. ¿Cuándo estás libre?

–Ya hemos salido dos veces esta semana –ella se odió por el temblor de su voz.

–La semana que viene –él sonrió, provocando el rubor en las mejillas de Holly.

–Estoy libre casi todas las noches –ella se mordió el labio inferior. ¡Qué patético sonaba eso!

–Organizaré algo y te llamaré –dijo él mientras le sostenía la mirada.

–Me encantará –era mentira, aunque el pulso acelerado decía otra cosa.

–Te acompaño a la salida –él abrió la puerta.

–Conozco el camino –necesitaba salir de ese campo magnético antes de quedarse pegada a él.

–La sala de reuniones está en la misma dirección.

–En ese caso…

–Buenas tardes, Holly –aún no habían dado diez pasos cuando se tropezaron con la madre de Eric. La fría mirada escudriñó a Holly–. ¿Trabajando?

–Sí –Holly se ruborizó. Había ido directamente desde el estudio, pero los vaqueros y la camiseta que llevaba estaban limpios–. Trabajo en el ventanal para la nueva maternidad del hospital.

La señora Alden logró mirar a Holly con altivez sin resultar abiertamente grosera, una habilidad de los ricos que ella detestaba. Hubo un tiempo en que había sido bien recibida en casa de los Alden, pero esa puerta se había cerrado el día que le dio la espalda a la sociedad.

–Madre, Holly ha traído los carteles de los perros en adopción de los que te hablé.

–En cuanto a eso… –la boca de la señora Alden se tensó.

–Yo me ocuparé –la interrumpió Eric con firmeza. Era evidente que su madre no estaba encantada con el proyecto.

Capítulo Cuatro

Octavia: ¿debía vivir o morir?

Holly aparcó el jeep junto al dispensador de periódicos. Era sábado, el día en que aparecería publicada la columna de Octavia sobre la subasta.

Hojeó el periódico hasta encontrar el artículo titulado, *¿Amor a cualquier precio?*, pero lo que la dejó sin aliento fue la foto suya con Eric, besándose en el porche de la granja.

Muerte. Lenta. Dolorosa. Octavia no merecía menos. Luego repasó el artículo.

¿Puede una brillante decoradora de vidrieras llevar el color a la vida de un hombre que sólo ve el verde del dinero? Si la foto de la despreocupada Holly Prescott, propietaria de Rainbow Glass, y el austero Eric Alden, heredero del imperio bancario, es un ejemplo, sospecho que el señor Alden pronto tarareará canciones de amor, y la dama desempolvará sus modales sociales. ¿Los opuestos se atraen? Esta reportera está dispuesta a apostarlo todo al sí.

El móvil de Holly sonó, pero al ver quién llamaba, estuvo a punto de no contestar. Al final, la resignación y el deber se impusieron.

–Hola, mamá.

–Holly, por favor, dime que el artículo está en lo cierto. ¿Por fin has recuperado el sentido? Me alegré tanto cuando compraste a Eric en lugar de a ese bombero.

–El artículo es pura ficción –Holly rechinó los dientes–. Lo sabes, y sabes por qué.

–Podrías intentar encajar –el suspiro de desilusión de su madre sonó alto y claro.

–Creo que paso –su madre se había casado con el dinero, y estaba convencida de que Holly debía hacer lo mismo–. En la vida hay cosas más importantes que pescar a un marido rico.

–Hollis Cameron Prescott…

Uff, cuando su madre decía el nombre completo, o bien terminaba la conversación o se preparaba para una larga y aburrida perorata.

–Mamá, estoy mal aparcada y tengo que irme. Ya hablaré contigo más tarde.

Holly apagó el teléfono y se sintió algo culpable por cortar a su madre. El sol de la mañana bañaba su rostro y se puso una gorra. Su pálida piel no se bronceaba, se llenaba de pecas.

Repasó el resto del artículo y silbó sorprendida ante la audacia de Octavia. Luego llamó a Andrea. Comunicaba. Lo intentó con Juliana. Lo mismo. Sus amigas estaban sufriendo el sermón de sus padres, porque a nadie le podía gustar ese artículo, salvo al departamento de ventas del periódico. Octavia tendría que andarse con cuidado. Mucha gente estaría dispuesta a untarla con melaza y atarla a un hormiguero.

Buscó en la guantera del coche la tarjeta que le había entregado Eric y lo llamó.

–Alden –contestó al segundo timbrazo.

–Estamos perdidos –dijo ella sin ningún preámbulo.

–Buenos días, Holly –la voz sonaba entrecortada y áspera.

¿Habría interrumpido algo?

–¿Has visto el artículo de Octavia… y la foto? ¿Qué hora es?

–Aún no lo he visto.

–Pues tendrás noticias de tu madre. La mía ya me ha llamado. ¿Te he… despertado?

–No. Todas las mañanas hago ejercicio antes de desayunar y leer el periódico.

–Pues para que lo sepas, voy en busca de Octavia para matarla. Cuando llegue la policía a tu casa, hazme el favor de explicarles que fue un homicidio justificado.

–Holly –la voz encerraba una nota de prudencia.

–Relájate, Eric. Bromeaba. Aún no pertenezco al club de las asesinas con hacha, aunque de repente me interesa mucho el tema.

Creyó oír la risa de Eric, pero seguramente se equivocaba. Eric no se reía. Al menos desde hacía tiempo. Antes sí. Su risa gutural solía ser una de las cosas más atractivas de él.

–Dame un minuto, estoy abriendo el periódico –pasaron unos segundos–. ¿Dónde estás?

–En un supermercado. ¿Por qué?

–¿Estás lo bastante cerca como para pasarte a tomar café y discutir la estrategia a seguir?

–Claro –se miró al espejo, desilusionada. Pero

49

no se trataba de impresionar a Eric. Además, si la veía tal y como era, seguramente se enfriaría el voltaje de su magnetismo–. ¿Crees que el guarda me dejará entrar en tu urbanización?

–Le avisaré de que te estoy esperando.

–Enseguida te veo –Holly colgó, respiró hondo y arrancó el coche.

Veinte minutos más tarde, el guarda de la entrada a la prestigiosa urbanización de Eric miró con desconfianza a Betsy, el jeep amarillo de Holly. Anotó el nombre de la mujer y abrió la verja.

Holly siguió el sinuoso camino hasta la fabulosa mansión de estilo mediterráneo de Eric.

–Muy bonita, pero ¿para qué necesitará tanta casa?

Tres arcos enmarcaban el porche, pero, a pesar del césped impecablemente cortado y los macizos de flores coordinadas, la casa no resultaba remilgada ni femenina. No había duda de que se trataba de la casa de un hombre. Encajaba con Eric. Elegante. Cara. Inmaculada. Enorme.

–Al contrario que la granja, una mezcla hogareña que no encaja con ningún estilo.

–¿Otra vez hablando sola? –preguntó Eric desde el porche.

–Siempre lo hago –se le incendiaron las mejillas. Localizó a Eric en un rincón del porche.

Tenía una taza de café en la mano. Los pantalones cortos eran… muy cortos y dejaban al descubierto demasiado músculo y vello. La camiseta marcaba unos abultados bíceps y unos anchos hombros. Devastador.

Holly no había visto desde hacía años a Eric vestido con algo que no fueran sus impecables trajes. El pulso se le aceleró alocadamente. Salvo por el rostro, que mostraba las huellas del paso del tiempo, Eric tenía aún mejor aspecto que el chico del que había estado secretamente enamorada.

–¿Café? –dijo él mientras le sujetaba la puerta abierta.

–Sería estupendo –Holly entró en la casa y se quedó boquiabierta–. Bonita casa. Un poco grande para ti, ¿no?

–A menudo celebro fiestas para mis clientes.

Una casa en la que se vivía, pero no realmente. No se podían dejar los zapatos junto al sofá, ni colgar la chaqueta de la barandilla de la escalera. Todo tenía que estar perfecto. Ella había crecido en una casa así y no le gustaba. Si no podía relajarse en su casa, ¿dónde podría hacerlo?

Eric la condujo hasta la enorme cocina, pasando por un despacho a la izquierda y el comedor a la derecha, ambos muy elegantes y decorados con impecables muebles de madera oscura.

–Siéntate.

–Mi madre piensa que cazarte ha sido una gran mejora en mis citas habituales –Holly se sentó en un taburete de metal junto a una enorme isla–. Sospecho que tu madre pensará justo al revés.

–No te preocupes por mi madre –él le entregó una taza de café y el azucarero–. ¿Leche?

–Solo y con un montón de azúcar –aceptó la cuchara y endulzó el brebaje.

–Descríbeme tus citas habituales.

–¿Mis…? –ella casi se atragantó–. Supongo que tipos que no encuentran su lugar en el mundo.

–¿Holgazanes?

–No exactamente –Holly reprimió un respingo. «Holgazán», era el término que empleaba su padre–. Tan sólo tipos que están pasando una mala racha.

–Abandonados, como los perros que recoges.

–Algo así –Holly sospechaba que el ardor de sus mejillas no se debía sólo al café.

–Necesitamos un plan para que no vuelva a suceder esto en las nueve citas restantes.

–Oye, que fuiste tú quien me besó –ella señaló la foto con la cuchara.

–Tú me pediste que lo hiciera.

–Sólo la primera vez –ella no tenía por qué aguantar todo eso–. Y podrías haber fingido. No hacía falta el numerito de la lengua.

–¿Insinúas que no disfrutaste con mis besos? –preguntó él en tono de fastidio.

–No soy tan estúpida como para negar lo evidente –se sentía roja como un tomate hasta la raíz del cabello–. Quiero decir que… eres bastante bueno con esos labios, Alden. Pero…

–¿Bastante bueno? –Eric estaba tenso como un depredador a punto de saltar.

Ella deseó que sus palabras no hubieran parecido un desafío. No quería que volviera a besarla.

En serio, no lo quería.

En absoluto.

El único motivo por el que tenía el pulso tan acelerado era la taza de café que acababa de tomarse de un trago. Una subida de cafeína. Eso era. Por eso estaba así.

Durante varios segundos, Eric le sostuvo la mirada y a Holly se le secó la boca. El ambiente estaba electrizado y apenas le llegaba aire a los pulmones.

—¿Has desayunado? —él se dio media vuelta y abrió la nevera.

—No —perpleja, Holly había tenido que aclararse la garganta antes de poder contestar.

—¿Unos huevos con beicon?

—¿Vas a cocinar para mí? —normalmente era ella la que se ocupaba de que los demás comieran.

—Te prometo que no necesitarás asistencia médica después.

—Me arriesgaré. Supongo que estarás asegurado —ella agarró el periódico y estudió las demás fotos. Octavia tenía una obsesión por las primeras citas—. Sobre nuestras citas —levantó la vista del periódico—, supongo que tendrás que entrar en casa cuando me lleves de vuelta. Octavia no podrá ver los besos, o su ausencia, a través de la puerta cerrada.

—Buena idea —Eric calentó el beicon en una sartén y cascó los huevos sobre un cuenco.

—Sólo tendrás que quedarte el tiempo suficiente para convencerla de que se pierde algo bueno.

—¿Hay algún motivo por el que ella deba pensar que se pierde algo bueno?

–Octavia está un poco preocupada por mi vida privada –¿cuánto podría contarle?

–¿Por qué?

–Porque hace tiempo que he echado a los hombres de mi vida.

–Aun a riesgo de parecer redundante, ¿por qué? –él empezó a preparar los huevos revueltos.

Holly tenía la mirada fija en el trasero del hombre que se movía con cada giro de la espátula. ¿Esperaba de verdad que fuera capaz de hilar dos frases seguidas con semejante visión?

–Tengo que aclarar mi vida antes de preocuparme por la de otra persona –era eso lo que le había preguntado, ¿no?–. ¿Quieres que prepare tostadas o algo así? –cualquier cosa para distraerse.

–Sírvete –Eric abrió una panera y sacó una bolsa de pan, de panadería, no de supermercado.

Ella se bajó del taburete y rodeó la isla. Estar a su lado no debería ponerle nerviosa. No era la primera vez que compartía la cocina con un hombre.

–¿Tiene algo que ver tu interés por un detective privado con esa decisión de aclarar tu vida?

–Mmm… –Holly se puso rígida–. Qué bien huele. Hace años que no como beicon y...

–Holly… –la mirada de Eric la hizo pararse en seco.

–Más o menos –asintió al no conseguir cambiar de tema.

–¿Lo tiene o no?

–Lo tiene –admitió ella al fin.

–¿Y?

–Si te lo cuento, tienes que jurarme que quedará entre nosotros –hacía mucho tiempo que arrastraba esa carga y necesitaba consejo–. No quiero que se entere mi familia ni mis amigos.

Tras diez angustiosos segundos, Eric asintió.

–Pues… le presté algo a mi ex novio y necesito que me lo devuelva.

–¿Te lo robó?

–¡No! Le presté a Lyle un dinero. Se marchó de la ciudad y no he vuelto a saber de él.

–¿Cuánto dinero?

–Cincuenta de los grandes –ella hizo una mueca. A Eric no le iba a gustar.

–¿Con qué aval? –Eric se puso rígido.

–Ninguno –ella lamentó de inmediato su confesión.

–Holly…

–Tenía una buena idea. Pensé que saldría bien. Y se lo presté usando mi fideicomiso como aval.

El rostro de Eric adquirió la expresión del banquero profesional. Holly casi podía ver los engranajes de su mente en acción mientras repartía los huevos y el beicon entre los dos platos.

–¿Es un ejemplo de los hombres con los que sales? –Eric volvió a mirarla a los ojos con dureza.

–¿En cuanto a prestarles dinero? –no serviría de nada mentir–. Sí, pero nunca tanto.

–¿Cuánto tiempo hace que se marchó?

–Trece meses –el beicon se fundía en la boca. ¿Sería una grosería pedirle que se callara?

–¿Tienes por escrito los términos del préstamo?

–Más o menos –ella escondió el rostro tras la taza de café.

–Holly…

–De acuerdo –con Eric no servían de nada los «más o menos», o era o no era–. Sí, pero escrito a mano. No está legalizado por un notario ni hay una fecha tope de reembolso. Eric, sé que la fastidié, pero de verdad… confiaba en él –y la había traicionado. ¿Nunca aprendería?

–¿Por qué no acudiste a mí antes de hacerle el préstamo?

–Porque tú representas al banco –ella se encogió de hombros.

–Y el banco presta dinero.

–Pero seguramente no lo habrías hecho en este caso. Además, era mi dinero. Bueno, lo será pronto, al menos durante un tiempo.

–Entonces deberías haberlo consultado con un abogado. ¿Has llamado a la policía?

–¡No! Ya te lo he dicho. No quiero que se entere mi familia ni mis amigos.

–Ese tipo te robó, Holly.

–Eso no lo sabemos. Lo único que sé es que quería desarrollar un prototipo de algo y patentarlo. Sólo porque hace más de un año que no sé nada de él no quiere decir que el dinero se haya esfumado. Las patentes llevan su tiempo.

–Eres muy confiada –Eric suspiró–. No salvarás el mundo hombre a hombre, o perro a perro.

–Madre mía –Eric había logrado acabar con su apetito–. Te has convertido en mi padre.

–Podrías haber hablado con tu padre antes de prestar ese dinero. Colton es un experto empresario.

–¿Bromeas? La única conversación que quiere mantener conmigo mi padre es aquélla en la que admitiré que me equivoqué al marcharme del club Caliber y le suplicaré que me deje volver.

–¿Tan malo sería eso?

–¡Sí! Ya intenté trabajar allí. Pero soy demasiado creativa para limitarme a elegir el color del bolígrafo que usaré. Necesito diseñar, ensuciarme las manos, formar parte del proceso. Preferiría morirme antes que sentarme tras un escritorio el resto de mi vida.

–Los negocios necesitan buenos gestores –Eric se puso rígido.

–Y no hay nada malo en ello si te gusta –Holly lo había insultado sin querer–, pero ser la organizadora de eventos del club Caliber no me llenaba. Sólo se me permitía organizar sobre el papel. El trabajo interesante debía delegarlo en una plantilla tan eficiente que no necesitaba un supervisor. A lo mejor si me hubiesen permitido implicarme más, no me habría sentido tan… vacía e inútil. Eric, no encajaba allí.

–¿Cómo de apurada estás económicamente? –dijo él tras acabar de comer.

–Me vendría bien el dinero –Eric no se tragaría una mentira–. Los perros generan muchos gastos.

–Pásate por el banco el lunes. Te ayudaré a abrir una línea de crédito.

–Gracias, pero no. Ya tengo un préstamo y no quiero perder la granja. Es mi hogar –y el único lugar en el que se sentía en casa–. Cuando reciba el fideicomiso a finales de este mes, devolveré el dinero del préstamo.

–¿Te quedará bastante para salir adelante?

–No.

–Entonces te haré un préstamo personal por la cantidad que necesites.

–Te lo agradezco de veras, Eric –¿cuánto tiempo hacía que nadie se había preocupado por ella?–, pero encontraré el modo de ganar algo más de dinero –no sabía cómo, pero lo haría–. Fíjate en qué hora es. Tengo que irme. Llámame cuando hayas organizado la siguiente cita.

–Llamaré al detective –Eric le agarró la mano–. Tendrás noticias suyas.

–Ya le llamé ayer. No me lo puedo permitir.

–Yo sí –la mano de Eric apretó la de ella–. Holly, voy a ayudarte, lo quieras o no.

–No hace falta que lo hagas.

–Es el precio de mi silencio. De lo contrario, iré a hablar con tu padre.

–Eres un traidor –ella se soltó la mano–. Prometiste guardar silencio –dejó el plato en el fregadero y lo miró furiosa–. Encontraré el modo de devolverte el dinero. Lo juro.

Eric se olvidó de sus modales y dejó que Holly se marchara sin acompañarla a la puerta. Permaneció en la cocina, pegado a la encimera, para no sujetarla y retenerla junto a él.

De lo contrario, la gratitud reflejada en los llorosos ojos de Holly le habría hecho cometer un error mayor que el del beso de buenas noches. Por eso había enfriado los ánimos mencionando a su padre. Jamás traicionaría la palabra dada, pero ella no lo sabía.

Contempló la foto del periódico y sintió el calor que lo invadía al recordar el cuerpo de Holly pegado al suyo. «Bastante bien». Y un cuerno.

Minutos antes se había acercado mucho, demasiado, a obligarla a admitir que besaba mucho mejor que «bastante bien».

Se había acostado con más mujeres de las que podía recordar. Disfrutaba con el sexo. Como cualquier hombre. Pero no se implicaba emocionalmente. ¿Por qué Holly le hacía desear lo que no podía tener?

Holly no se arreglaba para impresionarlo. Sospechaba que tenía el mismo aspecto recién levantada que el que había mostrado al llegar a su casa. Y desde luego, no cuidaba su lenguaje.

Holly Prescott era auténtica. Sincera. Franca. Y sentía debilidad por los descarriados. No le atraía su dinero… pero sus besos sí. Sabía que ella había disfrutado de principio a fin con sus besos, pero era lo bastante listo como para ignorar el deseo que palpitaba entre ellos antes de que le causara problemas.

Porque su amistad con los hermanos de ella, y la suya con su hermana impedía cualquier relación temporal con Holly, y una relación a largo plazo sería un desastre. En la cama serían explosivos, pero fuera de ella…

Holly Prescott sería un obstáculo para su carrera, y su carrera era siempre lo primero. Si alguna vez volvía a pensar en casarse, elegiría a una mujer tranquila, elegante, y que supiera comportarse. La relación con Holly era inapropiada, inconveniente y, desde luego, temporal, y no debía incluir el sexo. Con la fusión en ciernes, no podía permitirse una pareja tan deslenguada.

Capítulo Cinco

Vestir informalmente. ¿Según quién? ¿Eric o ella?

Holly rebuscó en el armario. Por informal que fuera, no se imaginaba cenando en uno de los restaurantes elegidos por Eric vistiendo vaqueros y camiseta, eso sí que era informal.

Salvo un vestido negro, toda su ropa era de colores y dibujos chillones. Se decidió por un vestido de seda en tonos naranjas, rojos, dorados y un toque de cobalto.

Acababa de atarse el vestido alrededor de la cintura cuando el coro de perros la alertó sobre la llegada de Eric, puntual.

Tras pasar un peine por su indomable cabello y untarse los labios con bálsamo de cereza, se puso unas sandalias planas y corrió hacia la puerta. Eric subía las escaleras del porche vestido con un polo blanco, un ajustado pantalón caqui y unas botas de cuero.

—Buenas noches, Holly.

—Hola. Dijiste informal —a Holly se le puso la carne de gallina sólo con escuchar su voz—, pero no sabía hasta qué punto. De modo que esto es lo que hay.

—Estás encantadora —dijo él dedicándole una mirada lenta y detenida.

¿Por qué los demás hombres jamás la miraban así?

–Gracias –dijo ella con voz ronca mientras recogía el bolso. Cuanto antes se marcharan, antes acabaría la velada. Sin beso de buenas noches.

–Has hablado con el detective privado –dijo él tras poner el coche en marcha.

–Sí –no era una pregunta, pero ella contestó de todos modos–. Vino esta mañana. Le di algunas fotos y copias de todos los documentos.

–Bien. Wes es muy rápido y eficiente. Pronto deberías saber algo –salvo por el rugido del motor, el resto del trayecto transcurrió en silencio, hasta que giró en una calle que hizo que a Holly se le erizara el vello. Se encaminaban hacia la entrada del club Caliber.

–De eso nada. Olvídalo. Yo no ceno ahí dentro.

–Vamos a cenar en el yate –Eric asintió al guarda de seguridad y se dirigió al puerto.

–¿Será buena idea? –aunque agradecía no tener que cenar en otro de los pomposos restaurantes elegidos por Eric, no estaba segura de que fuera bueno estar a solas con él.

–Octavia y su amigo no podrán hacernos fotos si estamos a varias millas de la costa.

–Eso es cierto. Me sorprende que no insistiera en embarcarse con nosotros.

–Lo sugirió –él le dedicó una sonrisa maliciosa–. Puede que zarpemos unos minutos antes de lo que le di a entender.

–Eres muy listo, Eric Alden –Holly se rió. A Octavia no iba a gustarle, pero a ella sí.

–Eso dicen –él se bajó del coche y la ayudó a bajar tomándole la mano y luego la agarró del codo para guiarla hacia el barco. Ya había estado antes en ese yate, pero no con Eric.

Ante una señal de Eric, varios miembros de la tripulación se apresuraron a soltar amarras y, de repente, se encontró en el salón, lejos de la costa, como cautiva de un barco pirata.

–¿Un Riesling? –Eric le ofreció una copa que contenía el dorado vino blanco.

–Gracias –ella agarró la copa por el tallo–. Bueno, ¿y ahora qué?

–Enseguida nos servirán la cena. Prueba los aperitivos.

Holly bebió vino mientras estudiaba la artística disposición de frutas y canapés. A pesar del hambre que sentía, por algún extraño motivo, su estómago se negaba a recibir comida.

No se trataba de una velada romántica, sólo de un paseo en barco, y ella ya había paseado antes en barco. Su padre tenía un yate casi tan grande como ése.

Pero una cosa era decir que un crucero nocturno con Eric no tenía nada de especial, y otra muy distinta era creérselo. La puesta en escena era demasiado acogedora. Íntima. Sentía la tensión y no sabía qué decir. ¿Dónde estaban los entrometidos camareros cuando los necesitabas?

–Holly, siéntate y deja de preocuparte.

–¿Tanto se me nota? –ella lo miró e hizo una mueca.

–Sólo estamos tú y yo.

–No me digas, Einstein –ella se rió burlonamente–. Ése es el problema.

–¿Siempre dices lo que piensas? –él respiró profundamente.

–Normalmente. Te ahorra un montón de rodeos –bebió un poco de vino, pero no consiguió disolver el nudo de su garganta–. Eric, esta… cosa que hay entre tú y yo no nos llevará a ninguna parte.

–Te aseguro que lo único que pretendo es cenar lejos de miradas curiosas. Relájate, Holly.

Holly no había dejado atrás una vida de riqueza y privilegios porque no le gustara lo que el dinero pudiera comprar, sino porque esa vida tan materialista la ahogaba y desvirtuaba sus prioridades. No podía arriesgarse a que todo aquello volviera a su vida. En el fondo le gustaba ser la descastada de la familia, porque nadie esperaba nada de ella.

–¿Está tu madre enfadada por todo esto? –ella buscó un tema desprovisto de riesgos.

–Soy capaz de manejar a mi madre.

–Pues Juliana no.

–Porque mi hermana utiliza una táctica equivocada.

–¿Existe una manera adecuada de tratar a Margaret Alden? –nueva metedura de pata.

–Sí –Eric no parecía ofendido–. Mi madre respeta a quienes tienen el valor de hacerle frente. Juliana pone demasiado interés en agradarla. Pero mi madre no es nuestro problema. Octavia sí.

–Lo cierto es que esta mañana me dijo que íbamos a ser su historia más jugosa –Holly suspiró–, y que no se iba a despegar de nosotros. Por eso me ha encantado darle esquinazo esta noche.

–Tengo un plan.

–Me alegro –Holly no quería hablar de ellos, ni de las siguientes ocho citas, ni de los besos que debían evitar–. Volviendo a tu hermana… a lo mejor tú serías capaz de casarte por el bien del negocio familiar, pero ella no. Juliana nunca ha estado enamorada, y por eso no sabe lo que se pierde conformándose con el estable y aburrido Wally Wilson.

–¿Y tú?

–¿Y yo, qué?

–¿Has estado enamorada?

–Demasiadas veces –no podía desviar la mirada de los ojos azules–. Pero no hablamos de mí.

–¿Por qué no funcionó?

Ella suspiró. Si contestaba a la pregunta, a lo mejor Eric se dignaría a escucharla, y entonces tal vez podría convencerle de hablar con Juliana antes de que su mejor amiga cometiera la mayor equivocación de su vida. Holly se quitó las sandalias y se acurrucó en el sofá.

–En cuanto mis novios se dan cuenta de que mi familia me ha borrado del árbol genealógico por ser una causa perdida, intentan convencerme de que me reconcilie con ellos. Cuando eso se convierte en más importante para el hombre de mi vida que mi felicidad, me doy por enterada. Lo que quiere es la fortuna Prescott, no a mí.

–¿Cuántos?

–¿Perdón?

–¿Cuántos hombres han intentado cambiarte? –en la voz de Eric había tensión y… ¿era eso ira?

–No es asunto tuyo. Pero para que lo sepas, no todos fueron mis amantes. Soy algo quisquillosa sobre con quién me acuesto –ella se revolvió en el sofá y su rodilla rozó el muslo de Eric. Tocarlo no era buena idea–. Admito que desperdicié parte de mi juventud buscando el amor, pero la semana que viene cumpliré treinta años, y tengo la intención de ser más lista a partir de ahora. Si no puedo ser feliz conmigo misma, jamás lo seré con un hombre, por maravilloso que sea. Por eso –ella gesticuló hacia ambos–, todo este asunto me está volviendo loca. Jamás podría ser feliz contigo, y sentirme sexualmente atraída hacia ti es un inconveniente que no necesito.

La mandíbula de Eric se tensó y los nudillos se le pusieron blancos alrededor de la copa.

–Eric, llevo más de un año sin pareja, y cuelgo pendiente de un hilo. Si no dejas de mirarme como si desearas arrancarme la ropa y lamerme como a una piruleta, me lanzaré sobre ti y ambos lo lamentaremos. Desnudos y satisfechos, pero lamentándolo.

–¿Intentas provocarme? –él la miró a los ojos y, tras soltar un juramento, se puso en pie.

–No. Lo siento –Holly exhaló lentamente–. Pero jamás había tenido que enfrentarme a tu magnetismo y, francamente, es un asco. Sobre todo porque se trata de ti.

–Nunca se sabe lo que va a salir de esa boca –Eric se puso tenso y, de repente, se rió.

–Pero lo que sí sabes es qué va a entrar en ella –Holly casi no podía soportar lo sexy que era.

Eric se volvió con los ojos desmesuradamente abiertos.

–Me refería a la cena, Eric –¿cuándo aprendería a pensar antes de hablar?–. ¿Aún no es la hora?

–Alimentemos el único apetito que no nos meterá en un lío –Eric dejó la copa y hundió las manos en los bolsillos del pantalón. El músculo de su mandíbula se movía alocadamente.

Irreverente.
Irreprimible.
Endemoniadamente atractiva.

Holly Prescott excitaba a Eric de una manera inconcebible e inaceptable.

Cenó mecánicamente la langosta, las cigalas y el pastel de merengue de limón mientras debatía en silencio sobre el dilema y observaba disimuladamente a la desconcertante mujer. ¿Cómo había podido equivocarse tanto al pensar que Holly sería una buena baza para la subasta?

–¿Qué pasa? –Holly levantó la mirada–. ¿Tengo merengue en la nariz o algo así?

–No. Me alegra ver que disfrutas de la comida en lugar de picotearla como en los restaurantes.

–Está deliciosa.

¿En serio? Él apenas la había saboreado.

–Y el único que me mira aquí eres tú.

–Lo siento –a lo mejor no había disimulado tanto como creía–. No estoy acostumbrado a verte tan encantadora.

–Ahórrate tus adulaciones, Eric. Sólo conseguirán meterte en líos.

¿En qué se había equivocado? Eric repasó las evidencias. Holly provenía de la misma clase social que él. Prácticamente la había visto crecer. Había asistido a los mismos colegios y clases que su hermana. ¿Cómo podían dos mujeres del mismo origen ser tan opuestas?

¿Cuándo había perdido el control de la situación? ¿Cómo podría recuperarlo? Tratarla como a un cliente no funcionaba. Recordarse que era la hermana pequeña de sus amigos, tampoco. ¿Cómo iba a lograr que Holly respetara las normas de una relación platónica, si romper las normas sociales parecía ser su punto fuerte?

Sospechaba que Holly empleaba su verborrea para mantener las distancias. De modo que, cuando la llevara a su casa aquella noche, la desenmascararía y contraatacaría con sus mismas armas. Si Holly Prescott quería jugar duro, había elegido al adversario equivocado.

–Si has terminado –él se puso en pie en cuanto Holly dejó el tenedor en la mesa–, le diré al capitán que volvemos a puerto.

Cuarenta minutos más tarde, Eric aparcó el Corvette junto a la entrada de la granja, tras pasar por delante del coche de la reportera, y acompañó a Holly hasta la puerta. El corazón le martilleaba con fuerza ante la victoria y la primera noche de sueño reparador que le aguardaba.

–Invítame a entrar.

–Adelante –Holly suspiró tras mirar en dirección al coche de Octavia.

Él la siguió al interior y, antes de que ella pudiera encender la luz, cerró la puerta de un codazo y la agarró por la cintura empujándola contra la pared.

–¡Oye! –la luz de la luna se filtraba por la vidriera tintada e iluminaba su sorprendido rostro.

–Holly, si insistes en restregarme por la cara la atracción que hay entre nosotros, acabaré por creer que quieres que haga algo.

–¿Como qué? –ella se quedó boquiabierta.

Eric se pegó contra ella y agachó la cabeza hasta que sintió su aliento en los labios.

–Esta noche has mencionado tu prolongado celibato y me has amenazado con acabar desnudos. ¿Acaso insinúas que quieres que tome la iniciativa y corte ese hilo del que afirmas pender?

–¿Te parezco una persona sutil? –Holly echó la cabeza hacia atrás y entornó los ojos.

–Pareces una chica lista que sabe cómo conseguir lo que quiere, y prácticamente me has dicho que me deseas –el aroma de Holly y el calor de su cuerpo lo atrapaban.

Holly se humedeció los labios y el deseo de besarla se incrementó. Luchó contra él mientras deseaba que hubiera un poco más de luz para comprobar si sus tácticas estaban funcionando.

–Este asunto de piratas se te ha subido a la cabeza.

–¿Qué asunto de piratas? –seguramente lamentaría haberlo preguntado.

–Sólo porque me hayas encerrado en tu barco y llevado a alta mar no te da derecho a violarme.

–No te he oído decirme que no –«violarme». La idea lo atraía. Demasiado.

«Maldita sea. Dime que no. Abofetéame».

–No –susurró ella mientras su rostro y sus hombros se relajaban–. No lo has oído.

La estrategia de Eric se desintegró y, antes de que pudiera recomponerse y planear una nueva ofensiva, Holly se puso de puntillas y presionó los labios contra los suyos. La suavidad de esa boca acabó con toda la resistencia del hombre. La lengua de ella se abrió paso entre sus labios. Se retiró. Avanzó. Deslizó las manos por su pecho y lo abrazó por la cintura mientras lo atormentaba presionando sus pechos contra el torso de él.

Con un gemido, Eric se rindió y abrió la boca en respuesta. Apoyó una mano en el trasero de Holly y la atrajo hacia sí. Si quería jugar con fuego, debía saber que su mecha ya estaba encendida. Pero, en lugar de apartarse de la rígida erección, ella se apretó contra él y movió las caderas de forma que no dejaba lugar a dudas.

Eric era incapaz de pensar, de razonar. Devoró su boca, en un intento de satisfacer el deseo nacido desde el primer beso. Pero no conseguía saciarse.

Las manos tropezaron con el cinturón del vestido. Una señal de alarma sonó en su mente, pero la ignoró y soltó el nudo. Dio un paso atrás para tomar aire y el vestido se abrió, revelando el sedoso borde de un sujetador rojo. Una sacudida incendió su entrepierna. Debería haberse imaginado que Holly no llevaría ropa interior de algodón blanco.

–Preciosa –murmuró casi sin aliento antes de que sus manos se encontraran con la piel desnuda. Sedosa. Ardiente. Le acarició el estómago y el costado y, por último los rotundos pechos mientras le frotaba los pezones con los pulgares. El gemido de ella terminó de incendiarlo.

¿No iba a asustarla?

Holly levantó una pierna y la enganchó a su alrededor. A Eric se le quedó la mente en blanco y estuvieron a punto de fallarle las rodillas. Sus dedos encontraron el cierre del sujetador y liberaron los pechos. Le llenaban las palmas de las manos. Pero necesitaba más. Necesitaba saborearla. Agachó la cabeza y se metió un pezón en la boca. El sabor fue directamente a su cabeza.

Bajó una mano hasta el trasero. Suave y caliente. Se sentía muy duro y ardiente. Siguió el rastro de húmedo calor entre las piernas de ella y acarició sus pliegues.

–Eso es, justo ahí –gimió ella–. Qué bueno. Qué bueno, Eric. Por favor, por favor, Eric. Ahora.

A Eric le faltaban segundos para abrir la cremallera y tomarla contra la puerta, pero ella le agarró el rostro y lo levantó hacia su boca.

–No puedo esperar –ella lo besó con más pasión de la que nadie le había mostrado jamás, y entonces estalló y tembló contra él.

Eric desvió la mirada de sus pechos y la deslizó

hasta sus ojos mientras se desabrochaba el pantalón.

–¿Tienes un preservativo? –Holly le sujetó la
mano–. No queremos un regalito de esta noche.

Una ducha helada no habría resultado más efi-
caz. Un preservativo. No, no llevaba ninguno. ¿Por
qué iba a llevarlo si se suponía que no iba a necesi-
tarlo?

Apartó las manos de las bragas de Holly e intentó cerrarle el vestido, pero era demasiado tarde. El
pulso le rugía en los oídos y le hervía en la entrepierna, pero no iba a permitir que una mujer le
hiciera perder el control. Perder el control sería vol-
verse débil, como su padre.

–Ya te he calmado el picor –tenía que encontrar
el modo de apartarla antes de que fuera demasiado
tarde–. A lo mejor ahora podemos volver a las citas
planeadas.

–Bastardo –la mirada satisfecha de Holly se con-
virtió en confusión, dolor y, por último, ira.

–Tu bastardo, señorita Prescott. Durante ocho
veladas más. Pero maldita sea si crees que seré tu
gigoló –Eric la agarró por los hombros y la apartó de
la puerta–. Buenas noches.

Capítulo Seis

Las mentiras nunca traían cuenta, reconoció Holly. Confesarles a sus amigas que no podía permitirse comprar un soltero habría sido menos vergonzoso que enfrentarse de nuevo a Eric.

Se retiró un mechón de pelo de la frente y se encaminó hacia el banco. Eric debía de pensar que era absolutamente patética. En primer lugar, porque se había lanzado en brazos de un hombre que, claramente, no la deseaba y, en segundo lugar, porque se había activado como una bomba de racimo en cuanto la había tocado.

Le gustaba el sexo, y solía alcanzar el orgasmo con facilidad. Aunque nunca de ese modo.

¿Alguna vez se había encendido tan deprisa? No. ¿Y por qué en ese momento… y con Eric?

Justo cuando encontraba a un tipo que sabía dónde estaban sus zonas erógenas y cómo tocarlas, tenía que ser un tipo que le estaba prohibido. No podía volver a suceder. Aunque Eric hubiera estado interesado en ella, no podía arriesgarse a enamorarse de él y perder su independencia. No encajaba en su mundo. Jamás lo había hecho y jamás lo haría.

Entró en el vestíbulo de la oficina central del banco Alden y cambió las fotos de los perros.

Echó un vistazo al interior del banco y a las escaleras que descendían de la planta superior. No había rastro de Eric. Se sentía tan avergonzada que ni siquiera había contestado a las llamadas de Eric. Tarde o temprano, tendrían que retomar las citas, pero todavía no estaba preparada.

¿Le convertía eso en una cobarde? Seguramente. ¿Y qué?

Las puertas del vestíbulo se abrieron y cerraron. Sólo quedaba una foto por cambiar.

La puerta volvió a abrirse y ella sintió que alguien se paraba a su lado. Presa del pánico, miró por encima del hombro y se quedó helada. Eric. El pulso empezó a latirle alocadamente.

El imperturbable rostro de banquero no revelaba ninguna emoción, pero los puños cerrados proclamaban que no se alegraba de verla. La mirada de Eric la recorrió desde la escotada blusa hasta los vaqueros demasiado ajustados. Ella maldijo sus protuberantes pezones y rezó por que él no se hubiera dado cuenta, o lo atribuyese al aire acondicionado.

—Eh… hola, Eric –le ardía el rostro.

—No has contestado a mis llamadas –la profunda voz le acarició la piel.

—He estado ocupada –dijo, ansiosa por largarse de allí–. ¿Cómo supiste que estaba aquí?

—Denny tenía instrucciones de avisarme cuando vinieras –Eric señaló hacia el guarda de seguridad–. Nos quedan aún ocho citas, Holly, incluyendo la de esta noche.

–No podrá ser –la había traicionado el guarda, maldito fuera–. Es viernes. Noche de chicas. Voy a cenar con Juliana y Andrea –aunque lo cierto era que no había hablado con ninguna de las dos para saber si iban a cenar o no–. A lo mejor podríamos vernos… ¿dentro de una o dos semanas?

Le dio la espalda a Eric para colgar las fotos, pero unos fuertes brazos agarraron el panel de las fotos, por detrás de ella, para colgarlo de la pared.

–Gracias –consiguió decir ella.

–Cancela tus planes –la impasible expresión de Eric no cambió–. Te recogeré a las seis.

–Eric, no creo que…

–Mi compañero de habitación de la universidad viene a la ciudad. Quiere presentarme a su pareja. Sólo se quedarán esta noche. Mañana salen de crucero por las Bahamas.

–¿Puedo reunirme con vosotros en el restaurante? –una parte de la tensión desapareció de los hombros de Holly. No estarían solos, aunque Eric tendría que llevarla a casa.

–No. El novio de Karl es artista. Te gustará conocerlo.

–Y así los selectos alumnos hablaréis de temas serios sin la interrupción de unos simples artistas.

–Hoy necesito una pareja de mente abierta –la voz de Eric reflejó su impaciencia.

Eso había sido un cumplido, ¿no? A lo mejor no la consideraba una completa estúpida.

–Holly, quince mil dólares y mi silencio te obligan a estar disponible.

–Espera un momento, ¿has dicho novio? –Holly rebobinó las últimas palabras de Eric.

–Karl es gay –Eric se acercó hasta pegarse a Holly–. No se me ocurre nadie más que no se vaya a mostrar grosera o condescendiente con él y con Nels, su pareja. ¿O acaso eres homófoba?

–Pues claro que no –no se le ocurría ninguna razón para negarse–. Estaré lista a las seis.

–No hagas nada que no haría yo –gritó Karl.

–Pues eso nos deja muchas posibilidades –añadió Nels con sarcasmo.

Eric echó la cabeza atrás y se rió, dejando al descubierto una hilera de blancos dientes.

Holly estudió a Eric. La risa, junto con la falta de tensión en el rostro, le recordaron al chico del que se había enamorado quince años atrás. El mismo del que podría volver a enamorarse.

No era más que un capricho adolescente, ¿no? Esa extraña y retorcida sensación no podía ser otra cosa. Como pareja, resultarían un desastre. El banquero y la bohemia. Mala combinación.

Sin embargo, ¿no era un poco mayor para caprichos adolescentes?

Entonces, ¿qué era? ¿Un ataque de lujuria? Jamás los había experimentado antes, pero había oído hablar de ellos, y era innegable que Eric hacía vibrar su cuerpo.

«Si parece un pato y suena como un pato, es un pato».

«De acuerdo, entonces es lujuria. Ahora, encárgate de ello».

«Pero... ¿cómo?».

«Ignorándolo, idiota. ¿Qué otra elección tienes?».

–Que tengáis un buen viaje –dijo Holly en voz alta mientras Karl y Nels se marchaban.

La cena había sido divertida, y no sólo porque Karl y Nels fueran amenos, sino porque había descubierto una faceta de Eric que no había visto en muchos años. Una faceta muy atractiva.

–Deberías hacerlo más a menudo –Holly hizo un gesto de disgusto cuando el rostro de Eric volvió a adquirir la expresión de imperturbable banquero.

–¿Hacer qué?

–Relajarte y divertirte con tus amigos.

–Viven en Charlotte, a cuatro horas de aquí –él la guió hasta el Corvette, sin tocarla.

–¿Qué haces para divertirte, Eric?

–Juego al golf y al tenis –Eric abrió el coche, la ayudó a sentarse y se puso al volante.

–Eso ya me lo conozco. Mi padre y mis hermanos también juegan, y no tiene nada de divertido. Allí se cierran tratos comerciales. Yo me refiero a salir y a pasarlo bien, sin ningún otro motivo.

–Holly, trabajo de sesenta a setenta horas semanales. No tengo tiempo para divertirme.

–Deberías buscar ese tiempo, de lo contrario…

–Ahórrame todo eso sobre «todo trabajo y nada de diversión». Ya me lo sé.

–¿Cómo te sentiste al saber que tu compañero de cuarto era gay? ¿Te resultó incómodo?

–Durante dos años no lo supe. Para entonces ya conocía a Karl y sus inclinaciones sexuales no eran un problema. Y no, nunca me sentí incómodo. Él respetaba mis elecciones y yo las suyas.

–Alguna vez… ya sabes… ¿sentiste la tentación de probarlo?

–Cielo santo, ¿hay alguna pregunta que no te atrevas a hacer? –él la miró fijamente.

–No creo –ella se encogió de hombros–. A mí, por ejemplo, sólo me van los tíos.

–Gracias por compartirlo conmigo –las palabras reflejaban cualquier cosa menos gratitud.

–No has respondido a mi pregunta.

–No –llegaron a la granja y Eric aparcó detrás del jeep de Holly–, nunca me ha interesado practicar el sexo con un hombre.

–No era más que curiosidad –Holly echó un vistazo a su alrededor–. No veo a Octavia.

–Pues yo le informé de nuestra cita.

–A lo mejor está a la caza de otra pareja. No hay peligro. No hace falta que me acompañes hasta la puerta –ella extendió una mano–. Me lo he pasado muy bien esta noche.

–Siempre acompaño a mis citas hasta la puerta –Eric ignoró la mano tendida.

–Claro –Holly se sintió un poco ridícula–. Y siempre te acuestas con ellas a la tercera cita, pero ya hemos roto esa norma. ¿No te apetece romper otra?

Él la miró en silencio y sin pestañear.

–Me quedaré un rato sentada en el porche –Holly suspiró y se dirigió a su casa. Desde luego, no iba a invitarle a pasar… de vuelta a la escena del crimen–. Buenas noches, Eric.

Holly se sentó en el balancín del porche, pero, en lugar de marcharse, Eric hizo lo mismo.

–Tienes mucho talento –dijo Eric.

–¿Cómo? –ella pestañeó en un intento por dispersar el estupor sensual que la envolvía.

–Tu trabajo en el restaurante.

–Ah, sí. Gracias –tanto la puerta del restaurante como varias piezas de decoración del interior eran obra suya. Durante la cena, el dueño se había acercado para saludarla y, de paso, informar a todos los presentes de que ella era la artista responsable. Holly había repartido algunas tarjetas y, con suerte le reportaría algún beneficio–. Tú, yo y la luz de la luna no es una buena combinación –añadió–, y creo que es mejor que te marches.

–Tenemos que repasar las reglas antes de las siguientes siete citas.

–Tienes demasiadas reglas. Reglas para la subasta. Reglas para el comportamiento. Reglas para nuestras citas. ¿Qué ha sido de eso de vivir día a día?

–Regla número uno: me devolverás las llamadas enseguida. Preferentemente en veinticuatro horas. Número dos: se acabaron tus descaradas insinuaciones.

–¿Cómo? –la regla número dos tiñó de rubor sus mejillas–. No he flirteado contigo.

–Número tres: si ignoras las reglas, tendrás que aceptar las consecuencias. ¿Queda claro?

–Para tu información, Eric –la ira ascendió en una oleada de calor por su espina dorsal–, cuando estoy nerviosa me voy de la lengua. Y, sí, digo lo que pienso. Resulta que te encuentro atractivo, pero eso no significa que debamos acostarnos cada vez que sintamos despertar el deseo.

–Ya estás otra vez –él pasó un brazo alrededor de sus hombros.

–¡Oye! Espera un poc…

Los labios de Eric acallaron la protesta y el pulso de Holly se disparó. Eric se hizo dueño de su boca con la maestría del pirata que había negado ser. Firme. Autoritario. Y muy habilidoso.

Los labios femeninos se entreabrieron y la lengua de Eric se introdujo por la ranura. Caliente. Suave. Pecaminosa. Ese hombre era capaz de volverla loca con sus besos. Un gemido se le escapó de la garganta y los desobedientes dedos se enredaron en los cortos cabellos. De algún modo, una pierna terminó enroscada alrededor de la de Eric, cuya mano se deslizó por el muslo hasta la cadera.

Se deleitó con sus caricias, y cuando los pulgares empezaron a acariciar los doloridos pechos, ella arqueó la espalda contra la impresionante erección.

¿Erección? ¿Cómo…?

Holly abrió los ojos y se encontró sentada a horcajadas sobre él, con el borde del vestido levantado y revelando sus medias moradas.

Por el amor de Dios. ¿Cómo había llegado hasta allí? ¿Se había sentado ella sola?

–Espera, espera –Holly apoyó las manos contra el pecho de Eric y sintió su agitada respiración. Se bajó del regazo de él y se puso en pie–. Eric, no vamos a seguir haciendo esto. Yo caliente, y tú marchándote a casa con un impresionante tronco entre las piernas.

–Holly –Eric la miró con expresión dolorida.

–No puede seguir sucediendo –ella hizo una mueca.

–Tienes el poder de pararlo. Si hubieras seguido las reglas…

–Eso sí que no –ella agitó un dedo en su dirección–. Nunca había tenido problemas para mantener las manos, o los labios, alejados de un hombre. De modo que la culpa es tuya.

–Nunca voy donde no soy deseado –Eric endureció la mirada.

–Yo nunca he dicho que no te desee –gruñó ella–. Pero no debería. Hay demasiado que perder.

–¿Por ejemplo?

–Mi mejor amiga. Yo misma –Holly se recriminó por hablar demasiado y se dirigió al otro extremo del porche–. Olvida lo que he dicho.

–Explícate –las tablas del porche crujieron mientras Eric se acercaba hasta ella.

–Por primera vez en mi vida, me gusta dónde estoy y quién soy. Mi casa. Mi trabajo. Mis amigos –ella se retiró un mechón de cabello de la frente–. En cualquier caso, quiero seguir gustándome cuando nuestras citas hayan acabado.

–Y no lo harás si… intimamos –los oscuros ojos se clavaron en ella.

–Seguramente no. Maldita sea, no lo sé. Entre tú y el dinero que le presté a Lyle, he puesto en peligro todo aquello por lo que he luchado durante los últimos años. A no ser que encuentre a Lyle y consiga que me devuelva el dinero, puede que tenga que volver arrastrándome al club.

–¿Qué puedo hacer para ayudar? –la expresión del rostro de Eric denotaba tensión.

–Ya me estás ayudando pagando al detective. En cuanto a nosotros... –ella negó con la cabeza–. No lo sé. La mitad del tiempo, el sentido común me dice que me aleje de ti, que cancele las citas restantes y que asuma las consecuencias de la mala prensa de Octavia. La otra mitad del tiempo, creo que deberíamos hacerlo y acabar con ello cuanto antes.

–¿Perdón? –dijo Eric con voz áspera.

–Olvídalo –otra vez esa boca suya–. Estoy algo asustada y no pienso con sensatez.

–Holly... –él alargó una mano hacia ella.

–Eric –Holly lo esquivó y abrió la puerta–, vete a casa antes de que cometamos un gran error.

Después cerró la puerta, dejando fuera la tentación.

Eric estaba de pie en el porche de su casa, mirando fijamente el periódico del sábado. ¿Cómo demonios lo había hecho Octavia Jenkins?

El deseo lo acribilló con fuerza mientras estudiaba la foto en blanco y negro. Holly tenía los dedos enredados entre sus cabellos y los labios pegados a los suyos. No veía sus propias manos, porque las tenía bajo la falda, pegadas al trasero de la mujer. Debería dar gracias a que la foto no fuera nítida, de lo contrario habría rozado la pornografía.

Deseaba a Holly Prescott.

¿Por qué? No tenía nada que ver con las mujeres que solía elegir. No podía echarle la culpa de su deseo a la abstinencia, porque no era la primera vez que pasaba cuatro meses sin sexo.

Holly, y todo aquello que la convertía en la persona equivocada para él, era lo que le excitaba.

Al volver a su casa la noche anterior se había encontrado en el fax varias copias de los documentos referentes al préstamo de Holly a su ex. La propuesta de negocio, escrita a mano por Lewis, y firmada por él, parecía completamente legal.

Él mismo le hubiera prestado ese dinero a Lyle Lewis. Parecía una buena inversión, pero mientras que él hubiera pedido un aval, Holly se había conformado con una parte de los beneficios. Arriesgado, pero potencialmente más rentable a la larga.

Los nuevos descubrimientos habían aumentado su admiración por Holly, y eso no era bueno.

Siete citas más. ¿Cómo iba a sobrevivir sin implicarse más profundamente? Hizo una llamada.

–Rainbow Glass, al habla Holly.

–¿Has visto el periódico? –la voz de Holly hizo que se le acelerase el pulso como a un adolescente.

–Sí –dijo ella con voz gruñona–. Y esta vez digo en serio lo de matar a Octavia. Estuvo allí anoche, agazapada entre las sombras como un francotirador.

–¿Francotirador? –a Eric le sorprendió el término elegido por Holly.

–Sí, esperando para cazarnos de un solo disparo. ¿Crees que cualquiera que lo vea podrá considerarnos empresarios serios? Estoy montándote como una estrella del porno.

La mandíbula de Eric se tensó. Holly tenía razón. Volvió a leer la parte central del artículo.

La reina de la negación toma al rey Midas. ¿Quién saldrá vencedor? Desde la posición de esta reportera, compartir el trono parece muy divertido.

–¿Por qué te llama la reina de la negación? –a Eric no le gustó que le comparara con el avaro rey.

–Porque dice que intento negar mis raíces. Lo cual es una estupidez. Mira, Eric, no sé cómo evitar a Octavia si no es marchándome de la ciudad.

–Tengo una casa en la isla Bald Head –Eric tuvo una idea–. Pasemos allí el fin de semana. Tendremos unas cuantas citas, lejos de Octavia y su fotógrafo. Te recojo en una hora.

Eric colgó el teléfono mientras aún resonaban las protestas de Holly.

Treinta horas juntos terminarían, de una forma u otra, con la heterodoxa atracción. Una de dos, o acababan en la cama, o se odiaban mutuamente antes de abandonar la isla.

Esperaba que fuera lo segundo, porque lo primero no produciría más que problemas.

Capítulo Siete

–Tenemos una reserva para comer –dijo Eric mientras se alejaban del ferry–. Y el tiempo justo para dejar el equipaje en la casa antes de volver al club. El partido de golf es a las tres y la cena a las siete.

–¿Tenemos todo programado? –Holly puso los ojos en blanco.

–Por supuesto.

Debería haberlo supuesto. Menudas vacaciones. No había interrumpido su trabajo, ni buscado a toda prisa a alguien que se ocupara de los perros, para alternar con los ricos y famosos.

–Estamos en un paraíso isleño, Eric. No necesitamos ninguna agenda.

–He reservado la pista de tenis para mañana a las nueve. Nos marcharemos en el ferry de la una y media –continuó él sin interrumpir el paso.

–No –ella agarró la bolsa de viaje que Eric llevaba colgada del hombro y lo obligó a pararse.

–¿No? –la sorpresa que vio en sus ojos hizo que Holly se preguntara si alguien lo había desafiado antes.

–Eso he dicho. Párate y huele la brisa marina. Te has dejado el traje en casa. Actúa en consecuencia –Holly siguió a los demás pasajeros del ferry hacia el aparcamiento. Los únicos vehículos autorizados en la isla eran carritos de golf y bicicletas. Ningún coche. La idea que ella tenía del paraíso–. Cancela las reservas, por lo menos las mías.

–¿Y qué sugieres que hagamos durante las próximas treinta horas?

–Nada, o al menos lo más parecido a nada.

–¿Nada? –el tono de voz de Eric reflejaba su convicción de que ella había perdido la cabeza.

–Eso es. ¿No hay ninguna ruta para pasear entre la naturaleza? Me encantaría dar una vuelta en bicicleta por la isla y a lo mejor alquilar una canoa o ir de pesca.

–¿Senderismo, ciclismo y montar en canoa es tu idea de no hacer nada?

–Pues, me encantaría tumbarme en la playa durante un par de horas antes de acometer el resto.

La mirada de Eric reflejaba frustración, pero la mantuvo fija al frente.

–Eric, ¿nunca te sientas y simplemente te relajas hundiendo los pies en la arena?

–Por supuesto.

–Muy bien –ella se rió por lo mal que mentía–. Porque eso es lo que pienso hacer el resto del fin de semana, y si quieres que este viaje sustituya a algunas de nuestras citas, tal y como le dijiste a Octavia, lo mejor será que estemos juntos, por si acaso nos hace seguir.

Al llegar al aparcamiento del campo de golf, se quedó boquiabierta ante la selección de carritos disponibles, y lo lujosos que eran algunos. Negó con la cabeza y se volvió hacia Eric.

–¿Tienes caña de pescar o también tendremos que alquilarla?

—Primero alquilaremos el carrito —Eric rezumaba ira—. La tienda está camino de la casa.

—Genial —dijo ella con expresión radiante—. Anula las reservas mientras yo voy de compras.

Media hora después se adentraron en la isla. Pasaron frente a un faro y una capilla. Holly tomó fotos con su cámara digital y decidió visitar ambos edificios si tenían tiempo.

—Old Baldy fue construido en 1817 —Eric la siguió con la mirada—, y es el faro más antiguo de Carolina del Norte.

—¿Dónde está tu casa?

—Al otro lado de la isla.

A pesar de la distracción de sus alocadas hormonas, Holly se sintió más relajada a medida que se adentraban en la isla. Todo se movía a un ritmo más lento y, sin el molesto ruido del tráfico, los sonidos de la naturaleza lo dominaban todo.

Los destellos de color entre el oscuro follaje le dieron muchas ideas para sus vidrieras. El fin de semana sería estupendo para su creatividad, y por tanto para su carrera. Y, con suerte, no resultaría demasiado desastroso para su vida personal.

—La ruta de senderismo queda a tu izquierda.

Ella se volvió en la dirección que señalaba Eric.

—Para —al meterse el carrito por un camino, Holly agarró a Eric del brazo.

—¿Qué pasa? —Eric dio un frenazo.

—¿Ésta es tu casa? —ella saltó del carrito y se quedó boquiabierta ante la estructura que tenía delante. Era absolutamente encantadora y nada acorde con el estilo de Eric.

–Sí.

–Es la antítesis de tu casa de Wilmington –la casa de la playa resultaba acogedora y totalmente informal. El amplio porche prácticamente gritaba, «Bienvenidos a casa».

Era de dos plantas y se erguía sobre unos soportes, como la mayoría de las casas de la costa expuestas a posibles inundaciones. La fachada era de un gris muy pálido con un reborde blanco, y la puerta de color azul. En el tejado, profundamente inclinado, dos gabletes miraban al frente y una ventana abuhardillada ocupaba el espacio que había entre ellos.

–¿A qué distancia está la playa? –se oía el rugido del mar, pero no se veía.

–La casa está en primera línea de playa. La compré al ser embargada por la ejecución de una hipoteca. Es una buena inversión y debería producirme buenos beneficios cuando la venda…

–No lo estropees –ella alzó una mano para hacerle callar–. Déjame que crea que viste esta encantadora casa, te enamoraste y la compraste porque no podías vivir sin ella.

–Por supuesto –Eric se quitó las gafas de sol y se las guardó en el bolsillo de la camisa.

–Me encanta –Holly arrugó la nariz y sacó la lengua en respuesta al sarcasmo de la voz de Eric–. Quiero que me la enseñes por dentro. Ya descargaremos el equipaje después.

Eric aparcó el carrito junto a la casa y la guió

escaleras arriba. La entrada daba a un recibidor con el suelo de madera y una espaciosa sala.

–En esta planta hay cuatro dormitorios y tres cuartos de baño. El salón y el dormitorio principal están en la planta de arriba.

La casa olía un poco a cerrado, pero Holly apenas lo notó. Frente a ella se alzaba un enorme ventanal que daba a la playa. Abrió la puerta de la terraza y salió al porche que se extendía junto a la parte trasera de la casa. Las escaleras que conducían a la playa la llamaban a gritos.

«Enseguida», prometió ella.

–Esto es maravilloso. ¿Vienes muy a menudo?

–Un par de veces al año.

–¿Posees un trozo del paraíso y sólo lo visitas dos veces al año? –eso explicaba el olor a cerrado y la ausencia de objetos personales.

–El trabajo es lo primero –él se encogió de hombros.

–Eric, necesitas un hobby. Uno que te permita disfrutar de este maravilloso lugar –ella volvió al interior y, sin esperar a su anfitrión, subió a la planta superior y se dirigió directamente a un ventanal con vistas al mar. La fachada de la casa era casi toda acristalada y la vista desde una mayor altura era incluso más espectacular que desde la planta inferior–. ¡Madre mía!

Holly se volvió para contemplar la sala con su sofá de cuero color arena, las mesitas de cristal y el suelo de roble. El lateral de la casa que daba a la calle estaba ocupado por el comedor y la inmensa cocina, pero, de nuevo, no había ningún objeto personal a la vista.

–Mi dormitorio está por ahí –Eric señaló hacia un arco.

El tono neutro de la voz denotaba… ¿qué? ¿Un desafío? ¿Una invitación?

«Entra en mi salón, dijo la araña a la mosca».

«Y todos sabemos cómo acabó».

–Me alegra saberlo. Elegiré un dormitorio de la planta de abajo.

Eric decidió que había sido un día totalmente desperdiciado. Podría haber analizado los datos de la fusión que llevaba en su maletín, o hecho algún contacto en el club. Estaba sentado en una tumbona en la playa con una cerveza fría en la mano, mientras contemplaba el trasero de Holly.

Y no era una mala visión.

Reprimió un gruñido de fastidio. Él era un líder, pero desde que habían aterrizado en la isla no había hecho otra cosa que no fuera seguir al huracán Holly a todas partes.

En aquellos momentos, la chica estaba metida en el agua hasta las rodillas, tenía una caña de pescar en una mano y llevaba la cabeza cubierta por una gorra. El traje de baño, de dos piezas, era de color verde chillón. La parte de abajo abrazaba con esmero el trasero de un cuerpo con forma de reloj de arena. Y cada vez que Eric recordaba cómo el sujetador acunaba los generosos pechos, tenía que darse un chapuzón.

Consultó la hora. ¿Cuánto tiempo faltaba para que tuviera que poner a prueba su capacidad de autocontrol mientras le untaba la suave y blanca espalda con crema?

Deseaba a Holly Prescott, y cada vez le costaba más recordar por qué un breve romance con ella era una mala idea. Tendría que anotarlo antes de que se le olvidara por completo.

–Deja eso ya –Holly lo salpicó–. No está permitido consultar la hora.

–¿Aún no has cambiado de idea sobre el partido de golf? Los peces no pican.

Ella recogió el sedal y vadeó hasta Eric. El movimiento de su cuerpo hizo que él deseara tener la fuerza de voluntad de mirar hacia otro lado. Las gotas de sudor se extendían por su pecho antes de descender, y una de ellas quedó colgada del ombligo, como un diamante. Deseaba recoger esa gota con la lengua y sus dedos se contrajeron, aplastando la lata de cerveza.

–Venga, Alden, el mundo no se acabará porque decidas relajarte unas horas. En esta isla no hay nadie a quien debas impresionar. Ningún cliente. Ningún trato que cerrar. Descansa un poco. Podemos hacer la ruta de senderismo. A la sombra del bosque hará menos calor.

Holly no había predicado con el ejemplo ni un segundo desde su llegada. No había dejado de moverse. ¿Cómo conseguía estarse quieta el tiempo suficiente para fabricar sus obras en vidrio?

¿Cómo iba a salvar el día y posponer estar a solas con ella si le había obligado a cancelar todas las reservas? Su plan para estar ocupados cada segundo del día había sido saboteado. Casi se había atragantado cuando ella mostró toda la comida que había llevado en una nevera portátil, para no tener que comer fuera. Había más que suficiente para todo el fin de semana.

–Podríamos pasarnos por el club a tomar algo después del paseo.

–Me parece que no –ella se rió y negó con la cabeza–. El tequila fue lo que me llevó a la subasta. He jurado que jamás beberé un margarita en lo que me quede de vida.

–Holly, la otra opción es pasar la velada juntos en la casa. A solas. Tú y yo.

–¿Qué tal si nos acercamos a la heladería después de cenar? –ella tragó con dificultad.

–Excelente idea –algo frío en una abarrotada atmósfera familiar sería menos íntimo que el club.

¿Desde cuándo un helado se había convertido en un juego preliminar?

Holly chupó de los dedos lo que quedaba del helado de trufa y frambuesa e intentó fingir que no se había percatado de los oscuros ojos de Eric que habían seguido cada movimiento.

Se movió en la silla y juntó las rodillas, pero el zumbido de excitación persistió. Se sentía acalorada desde que Eric se había puesto el traje de baño aquella tarde. Un oficinista no debería tener esos pectorales, esos hombros, ni esos abdominales. Y esas piernas. Y ese trasero…

–¿Crees que Octavia nos encontrará? –ella se aclaró la garganta.

–Las reglas de la subasta me obligaron a decirle que veníamos a la isla, y a darle nuestro itinerario –Eric sostuvo la cuchara en alto–, pero hay varias cosas a nuestro favor. Uno: has cambiado nuestro itinerario.

–Dinamitado, querrás decir –se rió ella.

–Sí. Dos: tiene que seguir a otras diecinueve parejas que no están en esta isla. Tres: a no ser que alquile un barco y se cuele en el puerto, el ferry es el único medio para llegar aquí, y no es probable que el capitán pase por alto que no tiene reserva. Y, por último, aquí no hay hoteles –Eric rebañó el chocolate que quedaba en su copa. Otra diferencia más entre ellos. Ella era del tipo de dos bolas de helado sobre un cucurucho, mientras que él prefería las asépticas copas. Sin embargo, había saboreado cada cucharada como si fuera un néctar.

La impetuosidad de ella frente al autocontrol de él. ¿Lo perdía alguna vez? ¿En la cama?

«No lo pienses, Holly».

–¿Se te ocurrió siquiera saltarte las reglas y no decirle a Octavia que nos íbamos de Wilmington?

Eric dejó la cuchara en la copa. Lentamente. Intencionadamente. ¿Era así en todo? Por ejemplo, ¿con una mujer?

«Deja de comportarte como una perra en celo».

–Ya estamos incumpliendo las normas al no llevar a cabo las citas previstas en el programa.

–Ya, pero la letra pequeña dice que los cambios están permitidos si son necesarios –Holly agitó un dedo hacia él–. Yo pienso que evitar a mi antigua amiga es necesario.

–No hace más que su trabajo.

–¿Publicando artículos llenos de insinuaciones sexuales y ocultándose en la oscuridad para tomar fotos íntimas?

–Deja a un lado tus consideraciones personales y piénsalo desde una perspectiva de negocios. ¿Cómo se venden más periódicos? ¿Relatando citas normales o encuentros eróticos?

–Sí, sí. Ya lo entiendo, pero no es cierto.

–¿No lo es? –esas dos palabras fueron dichas como una bofetada para Holly–. Las fotos eran reales, Holly. Tu amiga lo explica tal y como lo ve.

–Jamás pensé que te pondrías de su lado.

–No me pongo del lado de nadie. Sólo sugiero que seas objetiva y que analices los artículos desde un punto de vista comercial. Octavia Jenkins es una reportera ambiciosa.

–Ya lo sé, pero aun así me siento traicionada. Supongo que debería dar gracias porque no escuchó tu comentario sobre ser un gigoló. De lo contrario me arrastraría por el fango.

–Lo siento –él hizo una mueca.

–No te disculpes si no lo sientes de verdad –¿Eric acababa de disculparse? Increíble.

–Lo siento de verdad.

–Entonces, ¿por qué lo dijiste? –la heladería se iba quedando vacía y el silencio era cada vez mayor. El pulso de Holly se aceleraba a cada segundo que pasaba–. Eric, deja de buscar una respuesta políticamente correcta y suéltalo. Ya deberías saber cuánto respeto la honestidad.

–Porque tú no eres la única que pende de un hilo –dijo Eric tras emitir un suspiro. Holly abrió la boca, pero él continuó–. Tú me atraes. Intentaba alejarte de mí.

–Pero… pero… –el torrente hormonal de su sangre amenazaba con freírle el cerebro. Holly no podía pensar. No encontraba palabras para expresar lo que sentía–. Pero, yo…

¿Por qué no podían estar juntos? El corazón le martilleaba con fuerza en el pecho. Porque ella no quería formar parte de su mundo ni perder la amistad de Juliana.

«Pero Eric no ha propuesto una relación estable, ¿verdad? Y su hermana no tiene por qué enterarse, ¿no?».

–¿Pensaste que la otra noche, apretándome contra la puerta de mi casa, me asustarías?

–Mi intención era desenmascararte. Pero fui más lejos de lo que esperaba, porque yo… –cerró las manos con fuerza en torno al borde de la mesa–. Porque perdí de vista mi objetivo.

–¿Me deseas? –ella se sorprendió ante la confesión de Eric–. ¿A mí? ¿Una amazona pelirroja?

–Tanto que me duele –la oscura mirada azul se clavó en ella y la dejó sin aliento.

–Vaya –Holly se incendió por dentro como una hoguera–. Cuando eres sincero, eres sincero de verdad. Me gusta… creo.

«Déjalo estar, Holly. Márchate. Que Eric sea la voz de la razón, ya que tu mente está claramente incapacitada en estos momentos».

Pero no podía dejarlo estar. Jamás se había sentido tan atraída físicamente por nadie como se sentía por Eric Alden, y ya había hecho bastantes dietas como para saber que la abstinencia sólo aumentaba el hambre. Si se daba un capricho, se le pasaría.

–¿Y por qué estamos aquí sentados, cuando podríamos estar en la casa… conociéndonos mejor?

–Fuiste tú quien dijo que teníamos demasiado que perder –él respiró hondo.

–Es cierto, pero sólo si consideramos la relación en un contexto de corazoncitos y flores, y a largo plazo. Pero a corto plazo estaría bien. Muy, muy bien, a juzgar por lo que ya he visto.

Los ojos de Eric se entornaron, pero no dijo nada.

–¿Has oído esa canción de Toby Keith que dice que lo que sucede en México debe quedarse en México? ¿Y si lo que sucediera en esta isla se quedara en esta isla?

–Demasiado arriesgado –la expresión de banquero tomó nuevamente el mando.

–¿Jamás apuestas?

–Sólo cuando las probabilidades juegan a mi favor.

–¿Y qué parte de tener una aventura de fin de semana sin ataduras no juega a tu favor?

–Holly… –Eric soltó un juramento y miró a su alrededor. No había nadie más en la heladería.

–Necesitaremos preservativos. Yo no he traído, ¿y tú?

–No –rugió él antes de añadir–: pero la tienda debería tener. Y está abierta –consultó el reloj–. Cierra en diez minutos.

–Entonces, vamos –dijo Holly, apenas sin aliento y con el pulso acelerado.

–Última oportunidad para cambiar de idea –dijo Eric tras parar el carrito frente a la tienda. La voz sonaba muy ronca, indicando que no estaba tan relajado como intentaba aparentar.

–Eso no va a suceder –fuera una sabia decisión, o no, ya la había tomado.

–¿Quieres entrar conmigo?

–Sorpréndeme –ella negó con la cabeza. Las rodillas le temblaban demasiado para andar.

Eric desapareció en la tienda. Holly puso la radio para evitar que el pánico la invadiera y la obligara a salir huyendo.

Eric se subió al carrito y la miró fijamente durante unos segundos antes de arrancar. Conejos, ciervos y otros animales aparecían, deslumbrados por las luces del vehículo. Normalmente, Holly hubiera deseado parar para admirar la vida salvaje, pero no aquella noche y, a juzgar por las miradas de reojo que le dedicaba Eric, él sentía lo mismo.

Tardaron una eternidad en cruzar la isla y otra en aparcar.

–Última oportunidad –repitió él.

–Eso ya lo has dicho –ella tragó con dificultad.

–Si te beso aquí –Eric mantenía la vista al frente y las manos aferradas al volante–, no llegaremos adentro.

–¿Eso sería un inconveniente? –Holly apenas podía respirar.

Un carrito de golf pasó por la estrecha carretera y sus ocupantes les saludaron.

—Creo que sí –Eric se rió de un modo suave y sensual.

–¿Tu… tu cama o… o… la mía? –Holly se sentía muy nerviosa.

–La tuya está más cerca –dijo él con voz profunda.

–De acuerdo –ninguno de los dos se movió. A Holly le martilleaba el corazón contra el pecho–. Yo… esto… debería ducharme –Eric estaría acostumbrado a mujeres limpias y perfumadas.

–Mi ducha es lo bastante grande para dos –Eric respiró hondo.

–Muy bien –¿le aguantarían las piernas los tres tramos de escaleras?

–También hay una ducha al otro lado de la casa. Más pequeña, pero más cerca.

–¿Aquí abajo?

–Sí.

–¿Privada?

–Lo bastante –Eric tragó con dificultad.

–¿A qué distancia?

–Unos seis metros.

–Creo que conseguiré llegar –Holly se humedeció los labios.

–Lo mismo digo –Eric se rió de nuevo.

La deseaba. La deseaba muchísimo. Cada poro de su piel lo reflejaba. Algo floreció en el interior de Holly y el nerviosismo dio paso a un profundo deseo.

–¿Y a qué esperamos?

Capítulo Ocho

Eric le dio otra oportunidad a la cordura para que hiciera acto de presencia. Al fallar, agarró el paquete de preservativos con una mano, y a Holly con la otra, y bajó del carrito.

–Por aquí –dijo Eric apenas capaz de contenerse.

Arrastró a Holly hasta la zona del vestidor, dejó los preservativos sobre un asiento, la agarró por los hombros y la empujó contra la mampara de la ducha. No podía esperar ni un segundo más para besarla en la boca. Ella abrió la suya al instante y se abrazó a él.

Devoró su boca, le chupó el labio inferior, le acarició la cintura y la espalda, y luego enredó los dedos en los sedosos cabellos mientras la besaba más y más intensamente.

Deslizó las manos bajo la blusa y se encontró con un sujetador que no sabía desabrochar.

–¿Cómo se quita esto? –presa de la frustración, tiró de la blusa hacia arriba y dio un paso atrás.

–Sujetador… abrochado –Holly hablaba mientras lo besaba en el cuello y la mandíbula–. Corchetes… en la espalda… por debajo.

Los dedos de Eric encontraron el cierre. Si los dedos no dejaban de temblarle, jamás conseguiría desnudarla. Y, como en su primera vez, iba a terminar antes de que pudiera bajarse los pantalones si no lograba controlarse.

Al fin lo consiguió. Por fin tenía los rotundos pechos frente a él, y lo llamaban a gritos. Nada importaba salvo acariciar la cálida y sedosa piel, frotar los pezones y saborearlos.

Agachó la cabeza y dibujó la areola con la lengua antes de introducir el pezón en su boca. Un potente cóctel de sal, loción bronceadora y esencia de Holly le llenó los pulmones.

Ella gimió y ladeó la cabeza. Temblaba por todo el cuerpo y, segundos después, le desabrochó el polo y se lo quitó. Las cortas uñas le arañaron el torso antes de abrazarse a él y pegar los pechos contra el suyo.

El roce del estómago de Holly contra la potente erección casi acabó con todas sus fuerzas. Introdujo las manos entre los dos cuerpos y soltó el botón del pantalón y deslizó las bragas hasta el suelo.

–Increíble –Eric se apartó para deleitarse con la visión del cuerpo desnudo.

–No hace falta que mientas –ella se mordió el labio inferior.

–No miento –él vio un destello de duda en sus ojos antes de que ella bajara la vista.

Holly sonrió tímidamente mientras Eric se descalzaba y empezaba a desabrocharse el cinturón.

–Déjame a mí –ella le sujetó las manos y le bajó la cremallera con agonizante lentitud hasta librarle del pantalón y el calzoncillo–. Madre mía –Holly agarró la rígida protuberancia y la acarició.

–Holly –Eric gruñó mientras respiraba hondo para no perder el control–. Ten cuidado.

–Pienso tener mucho cuidado con esto –Holly se rió seductoramente.

El instinto de supervivencia le hizo abrir el grifo de la ducha. El chorro helado le permitió recuperar algo el control, pero provocó un chillido por parte de Holly.

–Dijiste que querías ducharte.

–Pero no con agua fría –ella se retorció junto a él.

El agua se caldeó y él la tomó por la cintura para que se reuniera con él bajo el chorro mientras agradecía a los guardeses de la finca que siempre mantuvieran lleno el dispensador de jabón.

Eric embadurnó los hombros de Holly con jabón que olía a limón, antes de darle la vuelta y masajearle la espalda. Siguió frotándola hasta que el movimiento del resbaladizo trasero contra su erección casi le hizo llegar.

–Yo también sé jugar a esto, amigo –ella se volvió y lo empujó contra el asiento de la ducha.

Holly tomó un poco de jabón y lo lavó con sus hábiles manos de artista. Unas manos que lo estaban excitando hasta la locura. Cuando ella se inclinó de nuevo hacia el dispensador de jabón, él supo que no aguantaría más. Agarró el envase de los preservativos y abrió uno.

–Permíteme –Holly alargó una mano.

–No –gruñó él–. Esta vez no –se sentó en el asiento, echando la cabeza hacia atrás. Quería besarla de nuevo, pero no iba a poder aguantar otro encuentro con esos labios–. Ven aquí.

Holly obedeció al instante. Se colocó a horcajadas sobre él y empezó a sentarse.

–Despacio –él la sujetó por las caderas y la miró a los ojos.

Holly descendió, poco a poco y sin interrumpir el contacto visual. Tenía las pupilas dilatadas, los labios entreabiertos y el rostro enrojecido mientras él la penetraba a medias. Su expresión de puro placer hizo que Eric suplicara en silencio poder aguantar un poco más.

–No puedo más –susurró ella antes de dejarse caer para que la penetrara por completo. Luego se elevó y repitió el proceso. Una vez. Dos. Y hasta una tercera.

–Para –él la sujetó.

–¿Parar? ¿Ahora? ¿Estás loco?

–Confía en mí –él se retiró con los dientes apretados y volvió a llenarse la mano de jabón. Las pompas descendieron por el cuerpo de Holly y él las siguió con los dedos hasta los suaves rizos. Allí encontró el dulce botón que la hizo gemir y arquear la espalda.

–¡Eric, por favor! –Holly gritó cuando Eric se introdujo un pezón en la boca.

Él acarició y chupó, y luego la volvió a colocar sobre su protuberancia para penetrarla nuevamente. Profundamente. Muy lentamente. Cada ascenso y descenso lo alejaba más y más de la cordura. Tembló por el esfuerzo de controlarse mientras Holly se retorcía impaciente sobre él. Hasta que ella gritó y se convulsionó, y los músculos de su interior lo abrazaron con fuerza. Y Eric perdió el control. La embistió con toda su fuerza. Las explosiones se iniciaron en la entrepierna y se extendieron por todo el cuerpo hasta que se derrumbó bajo Holly.

Todo quedó en silencio, salvo por el sonido de las respiraciones jadeantes y el del agua.

–Te pido disculpas –Eric cerró el grifo del agua. Se sentía humillado.

–¿Por qué? –Holly se puso rígida y levantó la cabeza del hombro de Eric.

–Por ir demasiado deprisa –¿hacía falta preguntarlo?

–¿No te ha gustado? –ella se echó hacia atrás sin interrumpir el contacto físico con él.

–¿No lo has notado? –él se rió amargamente–. Ha sido como perder la virginidad. ¿Y tú?

–¿Mi aullido no te ha dicho nada? –ella sonrió abiertamente–. Te explicaré una cosa, para futuras ocasiones, Alden. Cuando consigues que una mujer grite tu nombre, no necesitas disculparte.

Eric sonrió, abiertamente, de un modo que Holly no había visto nunca. Parecía relajado y feliz. Algo se removió en su interior. Desde luego no era él. Él tenía las fuertes manos sobre su trasero, acariciándolo y reavivando cenizas que apenas habían empezado a enfriarse. Él movió las caderas y ella contuvo la respiración ante el renovado vigor.

«Podría acostumbrarme a esto».

Y de repente se le ocurrió. No podía. Al día siguiente abandonarían la isla, y olvidaría que aquello había sucedido.

Podría con ello. No había nada malo en una relación sólo de sexo. Los tíos lo hacían a menudo.

«Pero la mayoría de las mujeres, no».

«Sí, pero tú no eres como la mayoría de las mujeres. Si lo fueras, habrías sido feliz con tu vida de niña mimada, habrías dejado el trabajo sucio para otros y te habrías deleitado en la existencia despreocupada y vacía de una chica que vive de las rentas».

Cerró los ojos para ocultar su confusión y los abrió cuando Eric empezó a mordisquearle el cuello con un erotismo que hizo que se le acelerara el corazón. Necesitaba unos segundos.

—¿Quieres continuar arriba? —ella le empujó por los hombros—. Tendrás las piernas entumecidas.

—Nada en mí está entumecido —y para ilustrar el comentario, le dedicó otra increíble embestida.

—Deja que me levante.

Al ponerse en pie, le temblaron las piernas y Eric tuvo que sujetarla unos segundos. Vio el montón de ropa sudada y llena de arena. No podía volvérsela a poner.

—Tiene que haber alguna toalla en el lavadero —Eric se dirigió hacia un cuarto contiguo del que salió poco después con una toalla gris enrollada alrededor de la cintura, y otra en la mano.

—Gracias —dijo ella, desviando la mirada de la rígida protuberancia que se adivinaba bajo la toalla de él—. Y…

—Holly –él le levantó la barbilla.

–¿Qué?

—Me preocupo cuando no dices lo que piensas.

—Me preguntaba si serías tan bueno encima como lo eres debajo.

—Pues estás a punto de averiguarlo –Eric abrió desmesuradamente los ojos antes de reír.

Holly no quería moverse ni abandonar el cálido nido de la cama de Eric. Pero el timbre de la puerta indicaba que uno de los dos debía levantarse y, aparentemente, debía ser ella.

Eric seguía en estado comatoso a su lado. Normal. Habían hecho el amor, o practicado el sexo, durante media noche. Lo habían repetido cuatro veces, ¿o eran cinco?

Holly se deslizó de la cama, se quedó unos segundos de pie para disfrutar de la visión de Eric y luego buscó su ropa. Nada. El timbre volvió a sonar. Agarró la camisa de manga corta que Eric había llevado el día anterior y se la abrochó mientras bajaba por las escaleras.

Abrió la puerta, pero no había nadie. Un caleidoscopio de brillantes colores atrajo su atención hacia el felpudo. Había un jarrón de cristal, lleno de flores, que resplandecía bajo el sol.

—Debe de ser una equivocación –murmuró ella mientras tomaba el paquete del suelo.

La tarjeta de felicitación hizo que se parara en seco.

–Maldita sea –de todas las personas que sabían que era su cumpleaños, la única que sabía que estaba en la isla era Octavia.

Y allí estaba ella, vestida con la camisa de Eric y a plena vista de cualquier fotógrafo. ¿No sería una foto encantadora para la edición del sábado?

Aferrada a las flores y oteando el horizonte en busca de su traicionera amiga, dio un paso atrás y chocó contra una mole de músculos. Unos fuertes brazos la rodearon y la empujaron contra un ardiente torso. Un dulce beso depositado en el cuello hizo que se le acelerara el pulso.

–Feliz cumpleaños –murmuró Eric.

–¿Lo sabías? –ella se volvió.

–¿Por qué si no iba a mandarte flores?

¿Las flores no eran de Octavia? Holly abrió el diminuto sobre. *Felices treinta. Eric.*

Cerró los ojos y se apretó la tarjeta contra el pecho mientras la emoción le provocaba un nudo en la garganta. El alivio se mezcló con las cálidas sensaciones que Eric despertaba en ella.

«No intentes ver más de lo que hay. Seguramente envía flores a todas las mujeres».

–¿Holly?

–Pensé que eran de Octavia y me asusté un poco –ella lo miró a los ojos y cerró la puerta con un golpe de cadera–. ¿Cómo lo supiste? Lo de mi cumpleaños, quiero decir.

–Lo mencionaste la semana pasada y le pregunté el día a Juliana.

–¿Cuándo encargaste las flores?

–Ayer, mientras discutías con el dependiente sobre el mejor cebo para pescar.

Antes de que hubieran decidido acostarse juntos. Ella sintió un nudo en la garganta. Si Eric no dejaba de hacer esa clase de cosas, le iba a costar olvidar ese pequeño episodio.

«No te engañes. Te va a costar olvidarlo de todos modos».

–Gracias.

–De nada. Mientras abrías la puerta, he llamado a la compañía del ferry para cambiar nuestros billetes al último viaje de esta noche. Ya que es tu cumpleaños, he pensado que podríamos quedarnos el tiempo suficiente para hacer algunas de las otras cosas de tu lista. Pero antes –Eric deslizó un dedo sobre los botones de la camisa–, creo que deberíamos intentar ducharnos.

El calor y el deseo estallaron dentro de ella como las palomitas en el microondas. Saciar su deseo de Eric no iba a resultarle tan sencillo como había pensado.

Acabado el partido, Eric dio un cerrojazo al fin de semana y llevó el equipaje de ambos hasta el carrito de golf.

No era de extrañar que, a cada paso que daba, sintiera cómo se le tensaban los músculos de la espalda. Ese fin de semana había estado más relajado que en muchos años. Sin embargo, tendría que pagar el precio por desperdiciar cuarenta horas que debería haber dedicado a preparar la reunión para negociar la fusión.

A su espalda sonó la llave al girarla Holly en la cerradura. Eso era lo que debía hacer, echar el cerrojo sobre la atracción que existía entre ellos. Holly le había hecho olvidar sus prioridades.

Echó una ojeada en su dirección. Holly llevaba la nevera portátil en la que había cargado las provisiones para el fin de semana. Un simple vistazo a la mujer y volvía a sentir deseo por ella.

—Deja, Holly, ya me ocupo yo —ya era hora de restablecer los límites.

—Por favor —ella se rió—. ¿Te parece que no puedo con una nevera portátil?

No. Parecía lo bastante fuerte y capaz, y endemoniadamente sexy con esos pantalones cortos y la blusa con sujetador incorporado.

Eric dejó el equipaje en el carrito y le quitó la nevera de las manos. Ella sonrió y él tuvo que esforzarse para no robar otro de esos besos con sabor a protector labial de cereza, porque si lo hacía, podían acabar otra vez en la cama o, peor aún, en la ducha de la parte trasera de la casa.

—¿Estás seguro de que no deberíamos limpiar un poco? —Holly se volvió para echar otro vistazo a la casa—. Al menos deberíamos quitar las sábanas de la cama y sacar la basura.

—El servicio de limpieza se ocupará —el idílico paréntesis debía terminar. Cuanto antes.

Ese fin de semana había disfrutado del mejor sexo de toda su vida, pero no había mujer en Wilmington menos adecuada para ser la esposa de un banquero que Holly Prescott.

Necesitaba una mujer que apreciara la importancia de los contactos sociales, y que además supiera mantener sus emociones para sí misma.

–Holly, tenemos que irnos ya si no queremos perder el ferry –Eric consultó el reloj.

–Es verdad –ella dio unos pasos y se paró–. Esto… Eric, puede que tengamos un problema.

–¿Cómo? –la voz de Eric denotaba impaciencia.

–La rueda está desinflada, Einstein –dijo ella.

–Maldita sea –Eric se bajó del vehículo para contemplar la rueda.

–¿Tienes una bomba de aire o un compresor, o una rueda de repuesto?

–No –Eric admiraba a las mujeres que buscaban ellas mismas solución a los problemas–. Llamaré al servicio de transporte –si no se marchaban de inmediato, perderían el ferry.

–Lo siento, señor Alden –dijo la operadora tras escuchar la explicación de Eric–, el transporte ya está completo esta noche. Para cuando haya uno disponible, ya habrán perdido el ferry.

–Tengo que salir de la isla esta noche –Eric se dio media vuelta para no ver a Holly realizando ejercicios de estiramiento, bañada por la luz de la luna.

–Lo siento, señor. A no ser que llame a algún vecino para que le lleve, no puedo ayudarle.

–Entonces cambie nuestra reserva para el primer ferry de la mañana y haga que el transporte venga a buscarnos –Eric rechinó los dientes.

–Sí, señor. Me ocuparé de eso. Les recogerán a las seis menos cuarto.

–Gracias –Eric colgó el teléfono e intentó ignorar la excitación que sentía ante la perspectiva de pasar otra noche con Holly.

–¿Estamos atrapados hasta mañana? –Holly se volvió hacia él.

–Sí –contestó él secamente. Si tuviera el menor sentido común, enviaría a Holly a una de las habitaciones de invitados.

–No te vayas a hacer daño con tantos saltos de alegría por pasar otra noche conmigo.

–Puede que tú decidas tus propios horarios, pero yo tengo una importante reunión por la mañana –no podía permitirse el lujo de perder su posición de ventaja de cara a la fusión.

–Eric, yo también tengo que trabajar mañana. Tengo varias reuniones, y mi clase de los lunes. Sé que otra noche más aquí es un inconveniente, pero gruñir y maldecir contra mí sólo conseguirá que te salga una úlcera. Estaremos en casa antes de las nueve. Y ahora tengo que llamar a Tina para pedirle que se ocupe de los perros hasta que llegue a casa.

–Me había olvidado de los perros –«Eric Alden, eres un idiota egocéntrico», pensó.

–Pues ellos no se han olvidado de ti. Gracias a las fotos del banco, cuatro de ellos han encontrado un nuevo hogar y todos los cachorros están comprometidos –Holly se arrodilló junto a la rueda–. Mira esto. El tapón de la válvula está tirado aquí en el suelo. Alguien ha vaciado la rueda de aire. Tienes tres intentos para adivinarlo.

–Jenkins –Eric suspiró furioso.

–Has acertado –Holly se irguió–. ¿Aún no hemos llegado al punto del homicidio justificado?

Eric sonrió. ¿Cómo lo hacía Holly? Conseguía que sonriera aunque estuviera furioso. Y no era la primera vez. Pero tendría que ser la última.

Volvió a llevar el equipaje hasta la casa mientras echaba la cuenta mentalmente. La sesión de playa de la mañana anterior, la excursión a mediodía, la visita a la heladería, el recorrido en bicicleta y el paseo en canoa, sumaban cinco citas. Sólo quedaban dos citas más antes de poder despedirse de ella.

Capítulo Nueve

—¿Puedo entrar? —la puerta del estudio se abrió quince minutos antes del inicio de la clase.

—Traidora —Holly se puso rígida ante la aparición de Octavia.

—Intento ayudarte, Holly.

—¿Haciéndome quedar como una idiota?

—No. Haciéndole ver al mundo que eres una mujer preciosa y deseable que se merece algo mejor que los imbéciles con los que sueles liarte.

—¡Por favor!

—¿Pasaste o no el fin de semana en la cama de Eric Alden?

—No entiendo cómo espiarme y publicar fotos escandalosas con comentarios de índole sexual puede hacerme quedar bien. Me hacen parecer una furcia para cualquiera, salvo para mi madre. Está planeando una cena para Eric y para mí, y los padres de Eric.

—Holly, prácticamente has cortado todos los lazos con tu familia.

—Y por buenas razones. Me consideran una vergüenza y un fracaso.

—Entonces, demuéstrales con tu talento lo equivocados que están. Sólo tienes una familia.

–Menos mal, porque no podría con otra más.

–Cuando tenía catorce años, mis padres fueron asesinados en el porche de casa por los disparos realizados desde un coche por una banda callejera.

–No lo sabía –Holly se quedó helada–. Lo siento.

–Yo era una niña resentida y enfadada. Odiaba a mis padres, a quienes consideraba las criaturas más estúpidas de la creación… hasta que me fueron arrebatados. Después de aquello, pasé de un pariente a otro y no me costó darme cuenta de la suerte que había tenido al tener unos padres que me querían y que deseaban lo mejor para mí. Igual que los tuyos, Holly.

–Octavia, no es lo mismo –la ira que Holly había sentido contra Octavia se esfumó.

–Sí lo es. Entre tú y tus padres existe una animosidad. Haced las paces mientras podáis –Octavia se puso un mono de trabajo–. Y para tu información, la química que hay entre Eric y tú salta a la vista.

–Sí, bueno, eso sería antes de que se transformara en un borde conmigo –soltó Holly sin pensar.

–¿A qué te refieres?

–¿Exactamente cuándo estuviste en la isla, y cuánto viste? –dijo Holly tras dudar un instante.

–Raymond y yo llegamos el domingo por la tarde, a tiempo de veros regresar del paseo en bicicleta. Nos marchamos en el último ferry del domingo por la noche… gracias a una pareja que perdió el barco y dejó dos asientos libres –le guiñó un ojo.

–¿Raymond? ¿Ése es tu amigo el fotógrafo?

–Sí –Octavia bajó la cabeza, pero no a tiempo de impedir que Holly la viera sonrojarse.

–¿Y Raymond y tú sois los responsables de la rueda desinflada?

–Culpables –Octavia se encogió de hombros–. Pensé que os vendría bien estar más tiempo juntos.

–¿Por qué? Esta relación es temporal.

–A lo mejor no tendría por qué serlo. A lo mejor Eric es el puente entre tu familia y tú. Y está claro que os gustáis.

–Pensé que eras una periodista de investigación –Holly se rió burlonamente–. ¿Cómo puedes equivocarte tanto?

–No creo que me equivoque. Y ahora explícame lo de que se había vuelto borde contigo.

–¿Confidencial? –Holly dudó. Necesitaba hablar con alguien. Con Juliana no podía, porque era la hermana de Eric, y no quería implicar a Andrea.

–Confidencial –Octavia asintió.

–Eric pasó la noche del domingo conmigo, pero no estaba conmigo. El sexo fue genial –ella hizo una pausa–, siempre que no lo compares con el del sábado por la noche. Pero era como si… como si ya se hubiese transformado en Eric Alden, vicepresidente del banco Alden.

–¿Estaba enfadado conmigo por dejaros en tierra? –preguntó Octavia.

–Creo que sentía remordimientos –Holly negó con la cabeza.

–Eso no lo sabes, Holly.

–No necesité oírselo decir. Recibí el mensaje esta

mañana –el viaje en ferry y la vuelta a casa habían sido silenciosos y tensos. Eric no se había mostrado grosero, al contrario, había sido extremadamente solícito. Demasiado.

–¿No se encuentra la banca Alden en medio de una fusión? A lo mejor pensaba en el trabajo.

–Sí. Juliana también está metida en eso, pero no creo que eso explique su cambio de humor.

–Entonces, amiga mía, si te importa de verdad, y a mí me parece que sí, tendrás que averiguarlo. Te queda un par de citas para lograrlo. No lo des por perdido como hiciste con tu familia.

–No me resultó tan fácil hacerlo como tú te crees –reconocer que no era la hija que sus padres hubieran deseado tener había sido muy duro. Tremendamente duro.

–Haz las paces con tu familia, Holly, y dale una oportunidad a Eric.

Para alivio de Holly, apareció el resto de las alumnas, dando por finalizada la conversación.

La reunión iba fatal y si Eric no salía de allí, iba a acabar por mandar a Baxter Wilson a paseo.

«Holly no dudaría en descuartizar a ese pomposo charlatán», pensó. Ni él tampoco.

–Sus exigencias son ridículas y de ninguna manera se conformará Alden con un cuarenta por ciento de la participación en la empresa fusionada.

–Caballeros –la madre de Eric se puso en pie tras dirigirle una mirada de desagrado a su hijo–, es hora de hacer una pausa para comer. Reanudaremos la reunión esta tarde.

Eric salió disparado de la sala de reuniones. Su secretaria le salió al paso y le entregó un trozo de papel. Eric leyó la nota y la arrugó. El detective había encontrado a Lyle Lewis.

–Estaré fuera de la oficina esta tarde –dijo, volviéndose a su madre mientras ignoraba la repentina opresión que sentía en el pecho. Tenía que llamar a Holly para ir al encuentro del hijo de perra que se había aprovechado de ella. Cuanto antes, mejor. En una semana, habría acabado con sus citas y ya no estaría obligado a verla.

–Discúlpanos un momento, Baxter –ella le hizo una señal a su hijo para que la siguiera hasta su despacho–. ¿A qué viene todo esto? Te has mostrado francamente grosero con Baxter toda la mañana y ¿ahora abandonas la negociación? Ya es bastante malo que Juliana haya faltado a la reunión.

–Wilson no está negociando, madre. Y, si accedes a sus demandas, eres idiota –normalmente le gustaban las negociaciones, pero en esos momentos buscaba una excusa para marcharse de allí.

–No tengo intención de quedar en segundo lugar –la madre se puso rígida–. Baxter está fingiendo. Sabe que Alden es el más fuerte de los dos bancos y esta tarde se lo demostrarás ahí dentro con tus cifras.

–Tengo que atender un asunto personal.

–La negociación es lo primero –su madre hizo una mueca de disgusto.

–Retira nuestra oferta –hasta hacía muy poco, la prioridad de Eric también había sido el banco.

–¿Te has vuelto loco? Necesitamos esta fusión.

–Hazle creer a Baxter que estamos dispuestos a abandonar la negociación.

–Pero es que no lo estamos. ¿Y si acepta el desafío?

–No lo hará. Necesita la fusión más que nosotros –Eric consultó su reloj.

–No estoy dispuesta a arriesgarme.

–Entonces tendrás que apañártelas tú sola esta tarde. Las cifras están en mi ordenador portátil. Dispón de ellas.

–Esto tiene algo que ver con la chica Prescott, ¿verdad?

–Eso no es asunto tuyo.

–Lo es si nos cuesta la fusión. No me sorprendería que esa bohemia estuviera detrás de la negativa de tu hermana a comprar a Wallace Wilson en la subasta. Es una mala influencia.

–Madre, te sugiero que te guardes tus equivocadas opiniones para ti misma…

–No permitas que te arrastre a su nivel.

–Si piensas que Holly está por debajo de ti, te equivocas –Eric se sentía furioso. Su madre no había dicho nada que él no hubiese oído a otros, incluyendo a la propia familia de Holly, pero no se sentía capaz de aguantarlo en esos momentos–. No me hagas enfadar por esto.

Después, abrió la puerta y salió del despacho de su madre.

Media hora más tarde, aparcó el coche detrás del

jeep de Holly. Había intentado llamarla, pero ella no contestaba. Llamó a la puerta, pero nadie abrió.

Holly no tenía un segundo vehículo, por lo que tenía que estar en la granja. El sonido de la música le hizo dirigirse a la parte trasera de la casa, donde encontró un edificio adosado. De la puerta colgaba un letrero de vidrio tintado que no dejaba lugar a dudas: *Rainbow Glass*. Los macizos de flores bordeaban un camino de tierra que rodeaba un aparcamiento separado del resto del complejo. Jamás hubiera esperado tanta profesionalidad. Eso le pasaba por escuchar los comentarios negativos sobre Holly en lugar de centrarse en los hechos.

Abrió la puerta y entró en el estudio. Junto a una mesa negra había una persona vestida con un mono de trabajo y con la cabeza cubierta por una careta de soldadura. A lo mejor el soldador sabría dónde encontrarla.

—Disculpe —gritó mientras se protegía los ojos de la luz del soplete.

El soldador levantó la cabeza, apagó el soplete y se quitó la careta. Era Holly. A la sorpresa le siguió un intenso deseo. ¿Cuánto tiempo tendría que pasar para poder mirarla sin ponerse en marcha?

—Ah… hola —el sudor le bañaba el rostro—. ¿Qué haces aquí? No tenemos más citas esta semana.

—El detective ha localizado a Lyle Lewis.

—¿Y te ha llamado a ti? —los ojos de color caramelo se abrieron desmesuradamente.

—Sí.

—¿Por qué? —ella frunció el ceño.

–Le pedí que me mantuviera informado. Lewis está en Raleigh. Si nos vamos ahora mismo, podremos estar allí en dos horas.

–¿Podremos?

–Yo conduzco.

–Creía que hoy tenías una importante reunión de negocios –ella alzó desafiante la barbilla.

–Y la tenía. Pero hay que solucionar este asunto, y no quiero que te enfrentes sola a él.

–Pásame la dirección –ella cruzó el estudio con la mano extendida–, y vuelve a tu trabajo.

–No.

–¿No?

–Se aprovechó de ti, Holly. Voy a asegurarme de que no vuelva a suceder –Eric lo consideraba su obligación, una especie de penitencia por traicionar la amistad de los hermanos de Holly, y por aprovecharse de ella. Aunque no le había quitado dinero, había utilizado egoístamente su cuerpo… y deseaba volver a hacerlo.

–No hace falta. Ya soy mayorcita, y capaz de librar mis propias batallas. Dame la dirección.

–Se lo debo a Sam y a Tony. Esperaría de ellos que hicieran lo mismo por mi hermana.

–Tu hermana es demasiado sensata para necesitar que le saquen de apuros –ella se rió.

Era verdad. Juliana era cautelosa y fiable. Al menos lo había sido hasta que compró al cantante de música country en la subasta. Su madre tenía motivos para preocuparse por el futuro de la fusión. El incidente había enfurecido a Baxter Wilson.

–¿Cuánto tiempo necesitas para estar lista?

–¿Cuándo volveremos?

–Eso depende de lo que nos cueste encontrar a Lewis, pero me gustaría volver esta noche.

Holly se mordió el labio inferior y Eric se preguntó si sabría a cereza.

«Nunca lo sabrás. Se han acabado los besos. A partir de ahora no habrá contacto en las citas».

Pero la determinación de Eric no logró evitar que la sangre se le acumulara en la entrepierna cuando Holly se desabrochó el mono de trabajo y reveló su hermoso cuerpo.

El fin de semana no había hecho más que agudizar su apetito sexual. Aún la deseaba, pero no podía tenerla.

–Tengo que llamar a Tina para que esté preparada por si necesito que se ocupe de los perros –dijo Holly antes de darse la vuelta y clavar su mirada en la de él–. ¿Eric? –susurró.

–¿Tienes algún catálogo de tu trabajo? –dijo él con voz ronca mientras se obligaba a desviar la mirada del objeto de su deseo y a fijarla en las obras de arte.

–Por supuesto –ella sacó una enorme carpeta de un armario y le hizo una seña para que la siguiera a la casa. Dejó la carpeta sobre la mesa de café y señaló el sofá–. Puedes echarle un vistazo mientras me cambio y preparo una bolsa de viaje… por si acaso.

–Volveremos esta noche –no volver significaba pasar otra noche con Holly.

Su corazón martilleó de frustración.

No era anticipación.

Al menos eso se dijo él.

–¿Aún lo amas? –preguntó Eric desde el asiento del conductor.

Holly desvió la mirada del edificio del campus universitario donde, supuestamente, se encontraba Lyle, y la fijó en Eric. Su expresión no revelaba sus sentimientos.

Tras el fin de semana pasado con Eric, no era capaz de ordenar sus emociones.

–No lo sé.

–Vamos –Eric le sostuvo la mirada unos segundos antes de asentir.

–Eric –Holly lo siguió hasta el apartamento. Era una mujer fuerte. ¿Por qué se alegraba tanto de tener a Eric a su lado?–. Cuando invertí en el proyecto de Lyle, sabía que había una posibilidad de que fracasara. De modo que si el dinero se ha esfumado… se ha esfumado y ya está.

–Holly –la mirada de Eric se suavizó. Deseaba tocarla. Pero no sería buena idea–. Si Lewis hubiera entrado en mi despacho con ese proyecto, yo mismo le habría concedido un préstamo.

–Deja que lo adivine –ella no sabía si le sorprendía más la constatación de que Eric no la consideraba una estúpida, o el hecho de que hubiera tenido acceso a sus papeles–. ¿Wes te dio una copia de mis papeles?

–Sí. Quería saber si disponías de algún recurso legal.

Holly no sabía si sentirse furiosa o halagada porque Eric se preocupara lo bastante como para investigar los detalles de la transacción. Pero, antes de decidirse, Eric llamó a la puerta.

Segundos después, la puerta se abrió y allí estaba Lyle, su antiguo amante. Holly esperó una oleada de emoción, pero no hubo nada. Su corazón no había golpeado con fuerza contra las costillas, como había sucedido al ver a Eric en el estudio horas antes. Contempló al hombre al que había amado y pensó que no era tan alto como recordaba. La mandíbula no era tan fuerte, ni los hombros tan anchos.

—Hola, Lyle —dijo ella.

—Holly —la sorpresa y una alegría sincera se reflejó en los ojos del hombre antes de abrazarla con fuerza—. Me alegra verte.

Ella se quedó en la entrada sintiendo... nada. Era curioso, dado que había llegado a plantearse un futuro con él, incluso el matrimonio.

—¿Qué haces aquí? —él miró a Eric y nuevamente a Holly—. ¿Ya te has enterado? ¿Te llamó el abogado? Le pedí que esperara un poco.

—¿De qué hablas? —preguntó Holly confusa.

—¿Quién eres tú? —Lyle se volvió hacia Eric al verle rodear la cintura de Holly con el brazo.

—Eric Alden. Asesor financiero de la señorita Prescott.

Eric no la había tocado desde que habían abandonado la isla. ¿Reclamaba una parte del botín?

—¿Holly? ¿Acaso pensaste que yo... que te iba a engañar? —la expresión dolida de Lyle le recordó a

Holly por qué se había liado con él. Lyle necesitaba a alguien que creyera en él.

—No sabía qué pensar, Lyle. Me abandonaste y te llevaste los cincuenta mil dólares, sin despedirte ni darme tu dirección. Y no has dado señales de vida en trece meses.

—¿Tanto tiempo? He estado enfrascado en el proyecto y no quería decirte nada hasta que pudiera demostrarte que no te habías equivocado al confiar en mí. Entrad —les guió por un estrecho pasillo hasta la cocina del diminuto apartamento—. La patente me llevó más tiempo del esperado, pero al fin la conseguí el mes pasado. He negociado la venta de mi invento, pero no quería decirte nada hasta firmar el contrato.

—¿Puedo? —Eric alargó una mano hacia el contrato que mostraba Lyle.

Holly asintió y Lyle le entregó los papeles. Comparó a ambos hombres. Lyle era un soñador que hablaba sin parar de sus inventos, sus planes y su futuro, y Holly había querido ayudarlo para que sus sueños se hicieran realidad, lo que su propia familia no había hecho por ella.

Eric, sin embargo, era el exitoso empresario al que ella deseaba. Y punto. Casi nunca hablaba de su trabajo y necesitaba aprender a relajarse, pero parecía interesarse sinceramente por el trabajo de ella.

Estar con Eric le hacía sentirse a gusto consigo misma y, cuando estaban juntos, no se sentía fuera de lugar. Se sentía una persona de talento, capaz y deseable.

¿Se estaba enamorando de Eric? «No, por favor. No». Aunque él se lo pidiera... y no lo había hecho, no podía volver a esa vida. Mejor sería que siguiera saliendo con sus perdedores que ser una perdedora ella misma. Y prefería perder cincuenta de los grandes con Lyle que perder el corazón a manos de un hombre que lo haría añicos como el cristal.

–Has ganado una enorme suma con tu inversión –dijo el banquero sin expresar emoción alguna.

–¿Cómo? –ella pestañeó.

–Tus dividendos iniciales ascienden a un millón, sin descontar impuestos.

–¿Un millón de dólares? –Holly casi se atragantó–. ¿Se acabaron los problemas económicos?

–Eso es –los ojos de Eric emitieron un breve destello de aprobación antes de adoptar la máscara de banquero y dirigirse a Lyle mientras le entregaba una tarjeta–. Mi abogado dispone de copias del acuerdo que firmó con la señorita Prescott. Está dispuesto a hacer lo necesario para asegurarse de que la señorita Prescott reciba la compensación acordada. Por favor, envíele una copia de todos los contratos a esta dirección. Y le sugiero, señor Lewis, que mantenga a la señorita Prescott, su principal inversora, al tanto de cualquier futuro desarrollo, o cambio de residencia, o estará infringiendo el acuerdo firmado y le pondremos un pleito.

–Sí... sí, señor –Lyle parecía completamente intimidado por Eric. Desvió la mirada hacia Holly–. Holly, ¿puedo hablar un minuto contigo? ¿A solas?

–Claro. Eric, ¿me esperas en el coche?

Eric se cuadró de hombros y Holly temió que fuera a negarse. Pero, tras unos interminables segundos, se dio la vuelta y se marchó.

–Gracias por creer en mí, Holly –Lyle esperó a que se cerrara la puerta–. Siento no haber mantenido el contacto. Pero es que cuando trabajo en un proyecto, pierdo la noción de todo.

–Lo entiendo –sus miradas se fundieron y un incómodo silencio se estableció entre ellos. ¿Qué se le decía al hombre que ya no amabas? Holly miró hacia la puerta, deseosa de huir.

–Veo que ya me has reemplazado –Lyle miró en la misma dirección–. Parece bastante posesivo.

Ella quiso negarlo. ¿Posesivo, Eric?

–Está bien, Holly –Lyle apoyó una mano en su hombro–. Lo nuestro fue bueno, pero siempre supe que merecías algo mejor que yo. Necesitas a alguien que te cuide.

–¿Alguien que me cuide? –la personalidad de Holly se rebelaba contra esa idea. Jamás había creído en los cuentos de hadas, ni en un tipo que la rescatara–. Sé cuidar de mí misma.

–Ya lo sé, pero a veces es agradable tener a alguien en quien apoyarte.

–No, gracias –ella sabía demasiado bien qué sucedía cuando el pilar de apoyo le era retirado–. Y te equivocas por completo sobre Eric y yo.

Capítulo Diez

Dejar a Holly con su amante había sido la cosa más difícil que había hecho Eric jamás.

Más difícil que quedarse de pie ante cuatrocientos invitados mientras Priscilla le lanzaba sus insultos. Más difícil que descubrir que su padre era una simple marioneta.

No había sido tan estúpido como para permitirse sentir algo por ella. Pero ¿por qué si no se había comportado como un imbécil, llegando incluso a las amenazas? Unas amenazas que tenía intención de cumplir llegado el caso. ¿Lealtad hacia los hermanos de ella? No.

¿Cómo había podido Lyle olvidar a Holly durante trece meses? Él mismo era incapaz de mantenerla fuera de su cabeza más de trece minutos, razón de más para acabar con las citas.

Dos citas. La cena de aquella noche, camino de casa, contaría como una. Y ya sólo quedaría la última. Sin embargo, la idea no le produjo ninguna sensación de alivio.

Holly salió del apartamento con Lewis pisándole los talones. Se paró en la entrada y se volvió para abrazar al hombre que la había olvidado con tanta facilidad. Lewis la besó y Eric se incendió. Se separaron, intercambiaron unas palabras y una prolongada mirada.

Eric apretó los puños. Holly no era, y jamás sería, suya. No tenía derecho a sentirse posesivo. Abrió la puerta del coche antes de que el deseo de darle un puñetazo a Lewis lo superara. Su reputación se basaba en su capacidad de control, pero si Holly no entraba pronto en el maldito coche, perdería su civismo.

Al fin llegó ella, y el deseo de atraerla hacia sí y borrar el sabor del otro hombre de sus labios lo invadió. Tuvo que hacer un esfuerzo colosal para controlarse.

Celoso.

La idea le taladró el cerebro. Cada vez que la rechazaba, volvía de inmediato a su mente.

¿Estaba celoso?

Respiró hondo y consideró la posibilidad. No podía estar celoso porque los celos implicaban un sentimiento que él se negaba a admitir. Su vida estaba gobernada por la razón, no por la emoción, y así debía seguir. De lo contrario, terminaría como su padre.

No podía permitirse implicarse emocionalmente con Holly. Esa ridícula fascinación que sentía por ella tenía de acabar. Inmediatamente. La cuestión era cómo sacársela de la cabeza. Arrancó el coche y se dirigió hacia la autopista, esforzándose por concentrarse en la carretera.

−¿Podríamos parar a cenar algo? No he comido y me muero de hambre.

–Sí –contestó él. Tomó la primera salida y se paró junto a un restaurante elegido al azar.

–Esto no es de tu estilo, Alden –ella lo miró fijamente.

–No, pero sí es del tuyo.

–Si te refieres a una buena comida en un ambiente informal, entonces sí lo es.

La siguió al interior y se sentó frente a ella a una mesa situada junto a la ventana. Pidió el especial del día, recomendado por la camarera. De todos modos, cualquier cosa que comiera le iba a saber a cartón. Miró por la ventana y se topó con un hotel a escasos veintisiete metros.

Holly. Hotel. Dos palabras que no deberían ocupar su cerebro simultáneamente. Aun así era incapaz de dejar de pensar en ello, el hotel atraía su mirada como un potente imán.

–Eric –Holly le tomó la barbilla con una mano, obligándole a mirarla–. Si no dejas de mirarme así, y luego al hotel, voy a correr hasta allí a preguntar si alquilan habitaciones por horas.

La imprudente franqueza no le sorprendió como solía hacer. Sus miradas se fundieron y la excitación lo invadió. En pocos segundos estuvo duro como el acero.

–Holly…

–Sí, ya lo sé –ella le soltó la mandíbula y se echó hacia atrás–. Debería pensar lo que digo.

«No, no lo hagas». Empezaba a gustarle ese modo de soltar las cosas. Le mantenía alerta. Pero admirar su sinceridad, su vitalidad y su generosidad era como pasear por un campo minado. Antes de que se le ocurriera una respuesta, la camarera llegó con la comida.

–Ya que no podemos hablar de lo que estamos pensando –Holly sostuvo el tenedor en el aire y lo miró a los ojos–, cuéntame por qué la fusión entre Alden y Wilson es tan buena.

–La fusión nos traerá a ambos poder y prestigio.

–¿Y el poder y el prestigio son tan importantes?

–Es el eje sobre el que gira el mundo.

–¿Por eso te ibas a casar con Priscilla? ¿Por el poder que te proporcionaría la fusión?

–Sí –Eric odiaba tener que admitirlo. Le hacía parecer insensible y mercenario.

–Eso es muy triste, Eric. Porque, una vez desnudos en la cama, solos los dos, debería gustarte la persona con la que estás, y deberías sentir respeto por ella.

Él asintió. Casarse con Priscilla hubiera sido un error, no sólo porque ella se había transformado en una bruja vengativa al descubrir que no había reservado la luna de miel que había exigido y que les hubiera llevado por todo el mundo, sino porque ambos se merecían algo mejor. Lo único que había funcionado entre ellos era el sexo, y comparado con el que disfrutaba con Holly, ni siquiera había sido tan genial.

–¿De verdad piensas que el que muere más rico gana? –Holly jugueteó con el tomate de la ensalada–. Porque, ¿qué sucede si el dinero se va antes que tú? Para tener una oportunidad de comenzar de nuevo, tiene que gustarte la persona en que te has convertido.

–Tienes razón –Eric extendió la mano y tomó la de Holly en la suya–. Pero, por favor, deja de hacer referencias a cuerpos desnudos.

Ella se rió, aliviando la atmósfera negativa. El resto de la cena transcurrió sin incidentes, pero Eric era consciente de cada movimiento de Holly, y del edificio del otro lado de la calle, con sus doscientas y pico camas. Era un milagro que pudiera mantener una conversación coherente.

Jamás había deseado tanto a una mujer. Y eso aumentaba la necesidad y la urgencia de dar por finalizada esa relación cuanto antes.

Se deleitaron en la sorprendentemente buena comida. La perspectiva de llamar a su madre para saber cómo habían ido las negociaciones, hizo que Eric no tuviera demasiados ánimos para volver a la carretera, y aún menos para despedirse de Holly.

Sólo quedaba una cita antes de cumplir con todas sus obligaciones. Ni siquiera tendría que preocuparse por la situación financiera de Holly. ¿Dónde estaba la alegría que debería sentir ante la inminente libertad?

–¿Alguna vez te has preguntado si el sexo entre nosotros es tan bueno porque no somos nada adecuados el uno para el otro? –Holly empujó la taza de café y apoyó los codos sobre la mesa.

–¿Bueno? –Eric tragó con dificultad, aturdido por la pregunta.

–Fenomenal, entonces –los ojos de ella emitían

un brillo burlón–. ¿Crees que podremos llevar a cabo otra cita más sin acabar en la cama? Porque, he de decirte, Eric, que si tuvieras poderes telequinéticos, aparecería volando hasta tu mano la llave de una de las habitaciones de ese hotel –ella dobló cuidadosamente la servilleta–. ¿O acaso te he interpretado mal?

–No –¿de qué servía negar lo obvio? El fuego iba a necesitar mucho tiempo para apagarse.

Sincera. Inteligente. Hermosa. Culta. ¿Qué más podía pedir un hombre de su amante? Cada vez le costaba más recordar los motivos por los que Holly no podía ser la esposa de un banquero.

–Bueno, ¿qué me dices? –ella inclinó la cabeza y lo miró con un brillo malicioso en los ojos–. ¿Lo que sucede en Raleigh se queda en Raleigh?

–Holly… –él iba a protestar, pero ¿a quién quería engañar? Pronto tendrían que despedirse. ¿Por qué no disfrutar del tiempo que les quedaba juntos?–. De acuerdo.

¿Por qué parecía una despedida?

¿Y por qué le entristecía?

Holly quería que Eric se diera prisa, pero él se deleitaba en cada beso, cada caricia, mientras le quitaba la ropa en la penumbra de la habitación de hotel.

Los dedos de Eric se deslizaron por su columna vertebral y le hicieron temblar. La lengua lamió el hueco de detrás de la oreja y las enormes manos acunaron los pechos y frotaron los rígidos pezones, obligándola a morderse el labio inferior para retener el gemido que ascendía por su garganta.

Holly no quería desearlo tanto, no quería ser tan sensible al contacto de sus manos, su boca, su lengua. Habían hecho el amor, o practicado el sexo, durante el fin de semana lo bastante como para no poder echarle más la culpa a su prolongado celibato. La novedad debería haberse pasado ya, pero no lo había hecho. Ni de lejos.

En un esfuerzo por aclararse la mente, pestañeó mientras los dedos de él jugueteaban con los íntimos rizos y ella tomaba consciencia de que estaba completamente desnuda, pero él no.

–Esto... Eric, uno de los dos lleva demasiada ropa.

Él se incorporó y empezó a aflojarse la corbata con movimientos deliberada y agonizantemente lentos. Después se quitó los zapatos y los calcetines.

Tenía unos pies muy sexys. ¿Cómo era posible? Los pies no eran sexys. No eran más que... pies, y en el caso de Eric, muy grandes. En consonancia con lo demás.

Poco a poco se desabrochó la camisa, mientras a Holly se le secaba la boca. Después siguió el pantalón y ella empezó a temblar mientras se hundía en la cama con una intensa sensación de dolor en los pechos. Se aferró con fuerza a las sábanas mientras apretaba los muslos. ¿Alguna vez había estado tan excitada?

Eric se bajó la cremallera, diente a diente.

¡No se podía ir más despacio! Ella intentó tragar, pero la boca permanecía seca.

Por fin cayeron los calzoncillos...

–No te imaginaba tan bromista, Eric –dijo ella con voz ronca.

–Esto no es ninguna broma –él rodeó la rígida protuberancia con los dedos mientras la acariciaba–. Es una promesa.

«¿A qué esperas? Métele prisa». A ese ritmo, se derretiría sobre el colchón.

Holly extendió una mano y cubrió con ella la de Eric. Después se humedeció los labios y se inclinó hacia delante para introducir la inflamada punta en su boca.

La respiración de Eric se hizo más sonora y sus manos se enredaron en los cabellos de ella. Ella lo lamió, saboreando la suave piel. Siguió acariciándolo y arrancó otro gemido del hombre hasta que, aleluya, él la empujó sobre la cama. «Ya era hora».

Eric introdujo un muslo entre los de ella y la acarició desde la rodilla hasta los delicados rizos. Bingo. Encontró el botón mágico y lo humedeció hasta que la espalda de ella despegó del colchón. Holly volvió a gemir cuando los dientes de él mordisquearon sus pezones.

¡Qué bien lo hacía! Demasiado bien. No soportaba la idea de tener que dejarle ir.

«No pienses en ello».

A medida que Eric la deleitaba con su boca y sus manos, chupando y pellizcando, ella cerró su mente a los inquietantes pensamientos y él la acarició casi hasta la locura, aflojando cada vez que ella estaba a punto de llegar. Por más que le arañaba la espalda e intentaba que él se metiera dentro, él siempre se retiraba. La boca descendió desde los pechos hasta el ombligo mientras los expertos dedos acariciaban los pelirrojos rizos.

Ella se estremeció, pero Eric no se dio por aludido y acarició lentamente cada rincón de su intimidad y cada rizo. Por fin tropezó con el botón y ella se arqueó en anticipación. Pero la alegría duró poco, pues las manos de Eric iniciaron una exploración por el resto del cuerpo dejándola al borde del éxtasis. Un gemido de frustración precedió a un grito cuando la boca de él la tomó. Sí, sí, sí. En pocos segundos ella llegó mientras su cuerpo se arqueaba y se aferraba a las sábanas. Apenas terminado el primer orgasmo, él la envió de nuevo a la cima hasta que se colapsó sobre el colchón.

–No disimulas lo más mínimo tu placer –Eric sonrió con la cabeza entre las piernas de Holly.

–¿Debería hacerlo? –como si pudiera evitarlo. ¿Era otra más de sus equivocaciones?

–No –él se incorporó y alargó una mano hacia la cartera donde guardaba los preservativos antes de acomodarse entre las piernas de ella–. No cambies. Ni un poquito.

Las palabras de Eric la emocionaron y reavivaron el fuego en su interior. Los besos y embestidas, a cual más fuertes, alimentaron ese fuego hasta explotar como un cóctel molotov.

«No cambies». ¿Cuánto tiempo había esperado escuchar esas palabras de otra persona?

¿Y por qué tenía que haberlas dicho Eric?

Eric, el hombre con el que jamás podría estar si no cambiaba. Para estar con él tendría que adaptarse a las reglas de la sociedad. La esposa de Eric tendría que ser un pilar de la comunidad, un ejemplo para otras mujeres, un icono de la sociedad.

Una oleada de pánico la invadió. ¿Estaba considerando la posibilidad de cambiar por él?

¿Había perdido la cabeza?

«No. Has perdido el corazón».

Holly se mordió el labio inferior mientras las lágrimas ardían en sus ojos. Se había enamorado de Eric Alden, y no quería dejarlo marchar. Pero ¿podría pagar el precio?

−He hecho algo malo −espetó Holly cuando Andrea abrió la puerta el miércoles por la noche.

−Pues ya somos dos −Andrea torció el gesto.

−¿Qué ha pasado? −el tono preocupado de Andrea hizo que olvidara sus propios problemas.

−Todavía no puedo hablar de ello. Entra.

−Pero…

−No. Ahora te toca a ti. Tú estás preparada para hablar de tu error, y yo no. ¿Un martini?

−Me encantaría, pero esta noche no −si bebía, acabaría llorando como un bebé. Holly se hundió en el sofá y respiró hondo−. Estas citas no han resultado como yo esperaba.

–Creo que ninguna hemos sacado de esta subasta lo que pensábamos obtener. Lamento haberlo sugerido. Adelante. Dime eso de «te lo dije». Tú estuviste en contra desde el principio.

–Regodearme no es mi estilo, pero a lo mejor me ayudaría si me contaras…

–No –Andrea levantó una mano–. Habla tú. Yo escucho.

–No quería meterte en esto, pero no sé a quién más acudir –Holly se miró las manos entrelazadas–. Creo que me he enamorado de Eric Alden –Andrea dio un respingo, pero Holly continuó–. ¿No te parece estúpido? No encajo en su mundo. No encajo.

–Holly, ya lo has hecho.

–¡Por favor!

–No sé por qué te empeñas en separar tu vida actual de la anterior. Entras en casa de esas mujeres, y ellas en la tuya. Algunas llevan años acudiendo a tus clases de vidrio tintado. Allí se forja algo más que metal y cristal.

–Te equivocas –Holly se puso rígida.

–No. La que se equivoca eres tú si eres incapaz de reconocer la verdadera amistad. Puede que alguna de ellas te mire por encima del hombro porque trabajas con tus manos, pero la mayoría te admira. Asisten a tus clases, te piden que decores sus casas y comparten secretos íntimos que nunca compartirían contigo si no fueras más que la «ayuda contratada», que pretendes ser.

–Puede que tengas razón –se le encogió el estómago al recordar los comentarios de esas mujeres sobre

Eric–. Pero ¿qué pasa con Juliana? Jamás me perdonará por acostarme con su hermano.

–Si haces feliz a Eric, te perdonará.

–Como si tuviera la menor oportunidad de hacerlo –Holly se rió amargamente–. ¿Y qué pasa con mi familia? Ya sabes lo que piensan de mi «pequeño hobby».

–Tu familia intenta que encajes en su molde, pero creo que es porque se preocupa por ti.

–Venga ya. No lo dirás en serio.

–Pues sí. Tu madre se preocupa por tu seguridad y tu padre es anticuado. Siente la necesidad de manejar tus finanzas hasta que te entregue a algún tipo que te cuide.

–Puede que mi padre tuviera buenos motivos para preocuparse por mis finanzas.

–¿Qué quieres decir?

–Jamás debí acceder a comprar un soltero –había llegado el momento de confesar la verdad–. No me gano mal la vida con Rainbow Glass, pero gasté todo el dinero de mi fideicomiso en los perros, en la obra de la granja y mis causas perdidas. Elegí al bombero porque pensé que pujarían por él más que yo.

–No. Juliana y yo elegimos al bombero para ti.

–Con mucha ayuda por mi parte –admitió Holly–. No me parecía nada sexy. Prefiero los hombres altos y delgados…

–Como Eric.

–Pues… sí. El caso es que las apuestas se pararon y a mí me entró el pánico. Y entonces Eric se ofreció a devolverme todo el dinero si lo compraba. Dado que había pedido un préstamo sobre mi fideicomiso para financiar el proyecto de Lyle, acepté la posibilidad de librarme de la deuda. Jamás pretendí salir con Eric, pero Octavia nos acorraló y... pues... me enamoré de él.

–¡Holly! –Andrea la miró con simpatía–. ¿Por qué no nos dijiste nada del dinero?

–Me sentía avergonzada. Intentaba arreglármelas sola para demostrarle a mi familia que no era la tonta cabezahueca que ellos creían que era. Quería aferrarme a mi independencia.

–¿Necesitas dinero? Yo puedo...

–No, pero gracias. Eric contrató a un detective para encontrar a Lyle, y resulta que mi inversión está a punto de reportarme enormes dividendos.

–Y volvemos al punto de partida. A Eric. ¿Aceptaste su ayuda, pero no la de tu familia?

–No es igual –gruñó Holly–. Si aceptaba la ayuda de mi padre, habría tenido que volver al club.

–A tu padre le encantaba que trabajaras allí. Solía presumir de ello.

–Ése es el problema. No funcionaba. Me pagaba un sueldo exorbitante por no hacer nada, mientras los demás se mataban por una fracción de ese sueldo. No era justo.

–No. No lo era. ¿Y por qué crees que amas a Eric?

–¿Aparte del hecho de que el sexo es tan caliente que se me riza todo el vello? –ella se tapó la ruborizada cara con las manos–. ¡No le digas a Juliana que he dicho eso!

–Lo prometo –Andrea sonrió–. Y aparte del sexo genial…

–Me trata como a una igual y me escucha. Y entiende que Rainbow Glass no es sólo un capricho para llenar mi ociosa vida –Holly tenía un nudo en la garganta–. Andrea, me hace sentirme a gusto conmigo misma, incluso cuando estoy nerviosa y suelto lo que pienso en voz alta.

–Es decir, tus palabras levantadoras de muros no le frenan.

–¿Levantadoras de muros? ¿Qué quiere decir eso?

–Holly, yo te quiero como a una hermana, pero llevo años viendo cómo tus escandalosos comentarios ahuyentan a la gente. Como si intentaras alejarla de ti antes de que te hagan daño.

–¿Yo hago eso? –Holly se quedó boquiabierta.

–Pues sí. Tu relación con Eric parece algo por lo que merece la pena luchar. ¿No vas a hacerlo?

–¿Y qué pasa si lucho y fracaso? –la ansiedad contraía el estómago de Holly.

–No intentarlo es lo mismo que fracasar, ¿no?

–Y las dos sabemos lo mucho que odio fracasar. Luego… supongo que ya tengo mi respuesta.

Capítulo Once

Eric era incapaz de concentrarse. Sus sentimientos por Holly se habían interpuesto entre él y su trabajo. Ninguna mujer lo había hecho jamás, y no le gustaba.

Su última cita con Holly sería el viernes por la noche, una cena con sus padres, y si bien estaba encantado de terminar con esa obligación, no estaba preparado para dejarla marchar.

Se reclinó en su sillón del despacho y miró a través de la pared de cristal. Vio a su padre en una de sus escasas apariciones en el banco. La persona que necesitaba ver. Necesitaba respuestas.

—Papá, ¿tienes un minuto? —Eric entró en el despacho de su padre.

—Pues claro, hijo. Los jueves siempre son tranquilos. Pasa.

—¿Por qué permites que mamá te pisotee todo el tiempo? —Eric cerró la puerta y se sentó.

—Te ha llevado muchos años preguntármelo —Richard no pareció molestarse—. Sé que perdí tu respeto cuando empezaste a trabajar aquí. Y sé lo que dicen en la sala de descanso. He estado esperando a que vinieras a preguntarme si los rumores eran ciertos, pero nunca lo has hecho —alzó una mano

140

para acallar la protesta de Eric–. Permito que tu madre dirija esto porque la amo. Agradarla me hace feliz.

–Pero es tu banco. Tu apellido está en el rótulo.

–Es nuestro banco. El banco de la familia de tu madre se fusionó con el de mi familia hace treinta y ocho años. Nosotros éramos los más fuertes y reclamamos el derecho a ponerle el nombre al banco. Pero tu madre ama a Alden más que yo. Yo hago lo que tengo que hacer, pero lo que pase de puertas para adentro lo decide ella. Así, ambos somos felices.

–¿No te hace sentir…? –la única palabra que se le ocurría a Eric era «castrado».

–¿Inferior? No. Soy un vendedor, no un hombre de cifras. Tu madre lo hace muy bien. Juliana y tú os parecéis más a ella porque preferís el lado comercial al personal de las operaciones. Pero no fue siempre así. Solías ser un seductor en tu época estudiantil. Pero últimamente… –él negó con la cabeza–. Sólo te interesa el saldo final.

Eric se puso rígido.

–Eric, soy feliz trabajando fuera de la oficina, y si los demás me subestiman, es su problema, y el tuyo. Atraigo y conquisto clientes nuevos y lucrativos –Richard sacó un puro de una caja–. Ahora mismo estoy asegurándome de que el banco Wilson apoye a tu madre como presidenta, y a ti como vicepresidente, si la fusión sale adelante.

–¿Has hablado con la junta directiva de Wilson? –Eric lo miró estupefacto.

–Hemos jugado unos cuantos partidos de golf, y cenado un par de veces en el club, y he conseguido que se pongan de nuestra parte. Baxter es un hijo de perra y nadie le quiere.

–Eres un demonio. No tenía ni idea… –Eric sintió un renovado respeto por su padre. Richard no era la marioneta que aparentaba ser. Sabía jugar, pero prefería mantenerse en la sombra.

–Pensabas que era un calzonazos porque haces caso de los rumores –dijo su padre.

La sonrisa de Eric se esfumó. Había juzgado mal a Holly por escuchar lo que decían los demás. Y también había juzgado mal a su padre.

–Mamá intentó casarme en interés del banco y ahora está haciendo lo mismo con Juliana. Tú jamás dijiste una palabra ni a favor ni en contra del plan.

–El matrimonio de conveniencia nos fue bien a tu madre y a mí –su padre se encogió de hombros–. Tú te libraste, y Juliana tendrá que decidir cómo acabará su relación.

–¿No te importó ser canjeado como una acción? –le preguntó a su padre.

–No. Desde el momento en que vi a tu madre, me volví loco por ella. Era dinámica y valiente, por no hablar de su belleza. Mi Margaret es una tigresa. De no haberse visto obligada a casarse conmigo, ni siquiera me hubiera mirado a la cara. Somos una pareja desigual, pero formamos un buen equipo –Richard se puso en pie–. Espero que algún día encuentres una pareja tan buena como la mía, alguien que admire tus puntos fuertes y sea un contrapeso para tus debilidades.

¿Podría ser Holly esa persona? ¿Conseguiría aburrirla y hacerle huir más rápido que a Priscilla?

En momentos como aquéllos, Holly desearía ser una buena bebedora. Un trago de algo fuerte haría más soportable la cena con sus padres, e incluso podría darle el valor para hablar con Eric.

—Por favor, Eric, pasa —dijo la madre de Holly—. Siento mucho que tus padres no hayan podido venir.

—Me han pedido que me disculpe en su nombre —contestó Eric.

Holly tenía el estómago encogido por la tensión. Agarró la copa de vino con fuerza y fijó la mirada en la chimenea vacía. Habían pasado cuatro días desde el numerito del hotel. Cuatro días durante los que Holly había agonizado sin saber qué hacer, consciente de haberse enamorado de Eric, un hombre que representaba la vida de la que ella había huido. Pero siempre se había arriesgado por perseguir sus sueños, y creía que podría hacer feliz a Eric.

«Eres una ingenua si crees que Eric está interesado en algo permanente contigo».

Al entrar Eric en el salón, acompañado de su madre, el amor hizo que a Holly le faltara el aire. Tras saludar a su padre, la mirada de Eric se fundió con la de ella. Los largos dedos rodearon su mano y el calor de su piel le produjo un estremecimiento por todo el cuerpo y una cascada de humedad en ciertas partes. Lo amaba y eso la aterraba. Tenía demasiado que perder.

–Buenas noches, Holly.

–Eric –ella se acercó y bajó la voz–. ¿Podemos hablar luego?

–Sí –los ojos de Eric desprendían calor y sus dedos apretaron la mano de Holly.

–¿Una copa, Eric? –preguntó su padre–. Tengo un nuevo whisky que deberías probar.

–Gracias, Colton –Eric soltó la mano de Holly–. Lo haré.

–Estamos orgullosos de Holly por haber tenido la sensatez de comprarte en la subasta –dijo el padre mientras le servía la copa–. Espero que este mes haya resultado… agradable.

El tono de voz indicaba más bien «soportable», y Holly rechinó los dientes.

–Sí, señor. Tiene una hija encantadora.

–No hace falta que exageres, hijo. Holly es de armas tomar, pero seamos claros, no es como mis chicos que comprenden su función en el legado del club Caliber. Pero Holly puede aprender, y cuento con que la convenzas para que vuelva a trabajar conmigo.

–Jamás me atrevería a hacer tal cosa –Eric hizo una pausa–. ¿Ha visto el trabajo de su hija?

–Alguna cosa –dijo el padre de Holly con desdén.

–Es capaz de crear magia con el cristal y el metal.

–Su fabricación de ventanas no está mal como hobby.

—No, señor, el arte de Holly es su carrera, y su trabajo forma parte de la arquitectura de varios edificios de la ciudad. Me sorprende que aún no le haya encargado una pieza para el club.

La declaración de Eric dejó a Holly boquiabierta y la gratitud la inundó… hasta que las dudas se abrieron paso. Los hombres nunca la adulaban a no ser que buscaran algo. Todos los novios que había tenido habían intentado que se reconciliara con su familia porque aspiraban a una parte de la riqueza y el prestigio de los Prescott. ¿Era ése el objetivo de Eric?

«El poder y el prestigio es el eje sobre el que gira el mundo», había dicho la noche del lunes. ¿Por eso la había ayudado con Lyle? ¿Para ganar puntos con su familia? ¿Para asegurarse el negocio del club Caliber? Eric había estado dispuesto a casarse con Priscilla, esa bruja pretenciosa, por el bien de la banca Alden. ¿Salir con Holly perseguía el mismo objetivo?

El dolor le encogió el corazón. Apartó la vista del rostro del hombre al que amaba y miró a su padre. Y reconoció el brillo especulador en sus ojos.

—Desde luego, los hijos de Holly tendrán mucha imaginación —dijo Nadine Prescott mientras miraba con cariño a su hija tras la cena.

«Los hijos de Holly». En cuanto Eric escuchó las palabras supo que era eso lo que quería. Una vida con Holly. Hijos con ella.

Se había enamorado de la irreverente, irreprimible y endemoniadamente atractiva Holly Prescott. Había pensado que no podría haber peor candidata para esposa de un banquero, pero en aquellos momentos era la mejor y la única posible.

Era sincera, inteligente, hermosa y culta. Sus sonrisas lo electrizaban, y sus caricias lo transformaban en un excitado adolescente. Incluso adoraba sus salidas de tono. De repente fue consciente de que esa boca casi no se había abierto en toda la noche.

–¡Dejad de meterme a Eric por los ojos! –ella se puso en pie de un salto–. Sólo estamos saliendo y prácticamente les habéis puesto nombre a nuestros hijos. Papá, ¿no me crees capaz de encontrar a un hombre? ¿Piensas que soy tan poco digna que me tienes que comprar uno?

–Princesa, yo no…

–¿Y cómo llamas a la promesa que le acabas de hacer a Alden de pedirle financiación para la multimillonaria expansión que planeas? ¿O cuando le has ofrecido ser el primero en elegir uno de los nuevos apartamentos de lujo? –después se volvió hacia Eric–. ¿Eso he sido para ti? ¿Otro negocio? ¿Otra Priscilla?

El dolor de la voz de Holly fue como una coraza alrededor del pecho de Eric que casi le impedía respirar. La mención de los apartamentos en el puerto del club había sido algo nuevo para Eric.

–Holly… –dijo él mientras se ponía en pie.

–No es que me lo hayas pedido –Holly palideció–, pero sólo me casaré cuando encuentre a un hombre que me ame por mí misma, no por los adornos que van asociados a ser una Prescott.

«Sí quiero». Eric apretó los dientes y la observó salir de la sala. El numerito de Priscilla le había herido en su orgullo. El de Holly lo había crucificado. ¿Cómo podía pensar que la había utilizado con fines comerciales?

«Porque estuviste a punto de casarte con Priscilla por el bien del banco. Eres idiota, Alden. Y un condenado imbécil si dejas escapar a Holly».

–Gracias por la cena. Buenas noches –Eric se volvió hacia sus espantados anfitriones.

Siguió a Holly y la alcanzó en la calle. Estaba al volante del jeep y con el motor en marcha.

–Holly, no salí contigo por el bien del banco.

–Sí lo hiciste –a Holly le temblaba el labio inferior–. Representamos esta comedia para que Octavia no perjudicara nuestros negocios. La cuestión es hasta dónde estás dispuesto a llegar por tu precioso banco, Eric.

–Hasta esta noche yo no sabía nada de los apartamentos.

–¿Te crees que soy estúpida? Los tíos nunca me dicen cosas bonitas a no ser que quieran algo de mí. Y mis hermanos y tú estáis tan unidos que seguramente sabes lo que desayunan cada día. Algo habrán dejado caer –ella miró al frente–. Eres bueno en la cama, Eric, pero no tanto como para convencerme de que me venda.

Eric sabía bien lo que pasaría a continuación. Al menos en esa ocasión no había cuatrocientos testigos. Se tomó un segundo para memorizar cada detalle del hermoso rostro y respiró hondo.

–Gracias por un mes memorable, Holly. Ambos sabemos que no puedo ser el don nadie que tú buscas. Lo mejor será que acabemos con esto ahora.

La mirada de dolor de Holly lo atravesó. ¿Se había equivocado? ¿No iba a dejarlo plantado?

–Espero que encuentres al hombre que buscas –Eric luchó contra el impulso de acariciar el tembloroso labio inferior de Holly–. Pero hazme un favor. No le prestes dinero.

–Creo que no hay peligro de que eso suceda –Holly apretó la mano de Eric contra su mejilla.

Con la otra mano lo agarró de la solapa de la chaqueta y tiró de él hasta que sus labios hicieron contacto. Eric no tuvo más que unos segundos para saborear la dulzura y suavidad de Holly, antes de que ella lo empujara hacia atrás.

–Que seas feliz, Eric –dicho lo cual ella arrancó y lo dejó temblando en medio de la calle.

Amar a Holly no le había vuelto débil. Perderla, sí.

Con un profundo dolor en el pecho, Holly se sentó frente al ordenador y repasó las fotos que había tomado en la isla Bald Head.

Lo había vuelto a hacer. Había vuelto a caer en su costumbre de rescatar hombres. Y una vez más, había salido herida. Sin embargo, nunca le había costado tanto decir adiós, porque en aquella ocasión había abierto su corazón, y no sólo la billetera.

¿Quién le iba a recordar a Eric que se relajara cuando ella ya no estuviera?

Lo haría ella. No en persona, pero indirectamente. Se le aceleró el pulso. Eran las tres de la mañana. Tenía que dormir, pero antes debía encontrar la foto. Repasó las imágenes hasta encontrar la que buscaba: la casa de Eric en la isla, rodeada de dunas y mar. Convertiría esa foto en una vidriera que pudiera colgar en su despacho y, a lo mejor, cuando la mirase, recordaría el tiempo que habían pasado juntos. Y a ella.

Se tragó las lágrimas que la ahogaban y buscó papel y lápiz. El proyecto sería grande y detallado, y requeriría una enorme cantidad de horas.

Aún estaba inclinada sobre el dibujo cuando la puerta del estudio se abrió.

—¿Se puede pasar? —preguntó Octavia.

—¿Ya son las diez? —sorprendida, Holly se incorporó y miró el reloj. Llevaba siete horas allí.

—Nena, tienes un aspecto horrible. ¿Tanto te ha molestado mi artículo?

—Lo cierto es que no lo he leído —Holly se había olvidado de comprar el periódico esa semana.

—¿Qué ha pasado? —Charlise se abrió paso entre las demás chicas del curso.

—Buenos días, señoras —Holly se obligó a fingir la sonrisa más profesional que pudo—. Me temo que estaba tan absorta en mi trabajo que me olvidé de la hora.

Las ocho mujeres la rodearon y contemplaron el dibujo.

—Es preciosa. ¿De quién es esa casa? —preguntó Charlise.

–De Eric Alden, en la isla Bald Head –contestó Octavia al ver que Holly era incapaz de hablar.

La sola mención del nombre hizo que el labio inferior de Holly empezara a temblar. En un intento de controlar la emoción se lo mordió, pero fue demasiado tarde.

–¡Holly! –Charlise la rodeó por los hombros–. Ya te advertimos que no te enamoraras de él.

–Estoy bien. En serio –Holly alzó la barbilla y forzó una sonrisa–. ¿Nos ponemos a trabajar?

–No estás bien –Charlise la miró con dureza–. Tienes aspecto de haber estado aquí toda la noche. Necesitas una ducha, desayunar y dormir un poco. Octavia se encargará de la clase.

Holly contempló los rostros de preocupación a su alrededor y comprendió que Andrea tenía razón. Aquellas mujeres eran sus amigas, y ella era la única que alzaba barreras entre ellas.

Si se había equivocado al exiliarse. ¿En qué más se habría equivocado?

–Disculpe. Necesito ver a Eric –Holly intentó rebasar al guarda jurado del banco, pero el hombre estaba de pie, entre ella y las escaleras de mármol que conducían a los despachos de los ejecutivos del banco Alden.

–El señor Alden está reunido, ¿señorita…?

–Prescott. Y ya conoce mi nombre porque no es la primera vez que me vigila, Denny. Llámele.

–Señora, no creo que… –el guarda se sonrojó.

–Si no lo hace, voy a empezar a llamarle a gritos. Y mi padre siempre ha dicho que cuando me pongo a gritar parezco un elefante enfurecido.

Denny se hizo a un lado y habló por la radio. Segundos después, se volvió hacia ella.

–El señor Alden la recibirá arriba, señorita Prescott.

–Gracias –Holly subió las escaleras con un nudo en el estómago. La puerta de la sala de reuniones se abrió y Eric, endemoniadamente atractivo, salió a su encuentro.

–Holly –el rostro del banquero no indicaba emoción alguna, pero su mirada la recorrió de pies a cabeza–. ¿Más fotos de perros? –preguntó señalando el paquete.

–No. Una ofrenda de paz. No te dejé explicarte la otra noche antes de condenarte –ella se movió inquieta–. Escucha, ¿podemos ir a tu oficina? Esto pesa.

Él tomó el paquete y se dirigió a su despacho, seguido de Holly, y lo dejó sobre un sillón.

–Te he hecho esto para recordarte que debes hundir los pies en la arena y dejar que las olas te bañen de vez en cuando –Holly entrelazó los dedos de sus manos y tragó con dificultad–. No es que necesites cambiar, Eric. Eres perfecto tal y como eres. Pero hasta que tengas a alguien para recordarte que debes equilibrar tu vida, pensé que de vez en cuando te vendría bien un empujón.

Eric no hizo el menor intento de desenvolver el regalo, de modo que ella avanzó hacia el sillón. Con manos temblorosas arrancó el papel y se echó a un lado. Y esperó… y esperó.

–Pensé que a lo mejor… a lo mejor te ayudaría a recordar lo bien que estuvimos en la isla.

Eric estudió la vidriera en silencio mientras los nervios de Holly se retorcían. ¿Le gustaba? ¿Lo odiaba? Su expresión no reflejaba nada.

Incapaz de soportar la incertidumbre, echó una ojeada a las paredes en busca del lugar más adecuado para colgar la obra. Pero se le paró el corazón. Miró de nuevo la vidriera. Era lo mejor que había hecho nunca. Había vertido todo su amor en cada trozo de cristal, cobre y plomo. Pero la vibrante obra de arte no encajaba en el despacho monocromático de Eric. Al igual que Holly no encajaba en su vida.

Había intentado engañarse a sí misma. ¿De verdad creía que si se volvían a ver, Eric la perdonaría y estaría dispuesto a darle otra oportunidad a su relación?

Con los ojos llorosos, abrió la puerta y salió corriendo. Tenía que salir de allí cuanto antes.

–Holly Prescott –la voz de Eric retumbó por todo el banco–. ¿Quieres casarte conmigo?

¿Cómo? Aturdida, se paró y se dio la vuelta. Eric estaba en lo alto de la escalera y la miraba a los ojos mientras bajaba los peldaños. El banco quedó en silencio.

El corazón de Holly martilleaba tan fuerte que estaba segura de haberle entendido mal. Era imposible que Eric se le hubiese declarado un viernes al mediodía, con el banco abarrotado.

Los clientes hicieron un pasillo a medida que Eric avanzaba hacia Holly.

–¿Estás loco? –susurró en cuanto Eric se paró frente a ella.

–Sí. Loco por ti –él le tomó una mano–. Te amo, Holly, y quiero que te quedes a mi lado para recordarme que debo relajarme de vez en cuando.

–¿Me amas a mí? –Holly se quedó boquiabierta–. ¿A una vulgar y pelirroja amazona?

–Irreverente, irreprimible y endemoniadamente atractiva –él sonrió y le acarició la mejilla.

–Pero…

–Sincera –él puso un dedo sobre sus labios para hacerle callar–, inteligente y hermosa. Me amas, Holly. Lo he visto en la vidriera.

–Sí. Te amo –ella cerró los ojos, tragó con dificultad y volvió a mirarlo.

–Y te casarás conmigo.

–Eric…

–Te juro que no sabía nada sobre los apartamentos.

–Lo sé. Y lo siento. Mi padre vino al estudio ayer y me dijo que había notado lo mucho que te amo y que intentaba hacer lo que fuera para que su niña lograra lo que deseaba –una lágrima resbaló por su mejilla. Eric era lo que deseaba–. Eric, no podré ser la perfecta esposa de banquero. Me seguirán atrayendo las causas perdidas, y no dejaré de decir inconveniencias.

–No quiero una perfecta esposa de banquero, y adoro tu sinceridad –con ternura, le secó la lágrima con el pulgar–. Holly, no te pido que cambies ni que renuncies a Rainbow Glass, ni a tu casa. Te pido que hagas un hueco en tu vida para mí.

–Tu madre me odia.

–Su madre te adorará –dijo Margaret Alden, oculta tras Eric–. Siempre que le hagas feliz y que le permitas volver a la sala de reuniones para firmar los últimos papeles de la fusión.

–Madre, el papeleo tendrá que esperar –dijo Eric sin mirar a su madre–. Aún no ha dicho que sí.

–Pues claro que no lo ha hecho. No se lo has pedido como debe ser. ¿A qué esperas?

Durante un segundo, el adorable banquero pareció seriamente confuso, hasta que una devastadoramente sexy sonrisa curvó sus labios y se arrodilló mientras tomaba una mano de Holly entre las suyas y la besaba.

–Holly Prescott, ¿me harías el honor de convertirte en mi esposa y permitir que pase el resto de mi vida amándote, a ti y a tu irreverente boca?

–Eric, levántate, todo el mundo nos mira –Eric la amaba. Realmente.

–No hasta que aceptes. Rescátame, Holly. Llena mi mundo de color y recuérdame que en la vida hay algo más que trabajo. Di que sí.

–Me había jurado no volver a ir por ahí rescatando hombres, pero supongo que en tu caso puedo hacer una excepción. Sólo esta vez –ella le acarició el rostro–. Sí, Eric, me casaré contigo si me permites vivir el resto de mis días amándote… y a tu increíblemente sexy boca.

Él se rió y se puso en pie. La tomó entre sus brazos y le dedicó uno de sus espectaculares besos. Los empleados y clientes del banco prorrumpieron en aplausos.

–Holly –Juliana apareció junto a Eric con una enorme sonrisa en los labios–. Siempre te he considerado como una hermana. Ahora es oficial –las dos amigas se fundieron en un abrazo.

Epílogo

Amor a cualquier precio
Por Octavia Jenkins
El amor se encuentra en los lugares más insospechados.
Normalmente aparece cuando no lo buscas y en el momen-
to menos oportuno.

Culmino esta entrega con una mezcla de alegría y tris-
teza. Tristeza porque ha llegado a su fin. Y alegría por la
magia de ver enamorarse a los demás. No todas las pare-
jas participantes en la subasta encontraron la felicidad,
pero sí unas cuantas, incluyendo la de quien suscribe.

Esta reportera se va a tomar dos semanas libres para
casarse y disfrutar de una luna de miel con el hombre que
me llegó con este trabajo, mi fiel fotógrafo y amigo, Raymond.
Volveré a mediados de julio con fotos exclusivas y un repor-
taje sobre la triple boda que tendrá lugar en la capilla de
la isla de Bald Head.

Hasta entonces... llamadme Cupido.

Deseo™

Paternidad de conveniencia

Maureen Child

Con tan sólo unas hectáreas de terreno más, el millonario Adam King conseguiría por fin que el rancho familiar recuperara su extensión original. Tal era su obsesión que incluso se planteó casarse con la vecina de al lado, porque el padre de Gina Torino pretendía "venderle" a su hija a cambio de entregarle el ansiado terreno.

Gina estaba al tanto de la manipulación de su padre y decidió negociar con Adam ella misma. Se casaría con el gélido ranchero, él recibiría su tierra... y ella tendría un bebé de King.

HARLEQUIN Deseo

LOS KING

Paternidad de conveniencia

Maureen Child

Ningún otro negocio le proporcionaría tanto placer

Acepte 2 de nuestras mejores novelas de amor GRATIS

¡Y reciba un regalo sorpresa!

Oferta especial de tiempo limitado

Rellene el cupón y envíelo a
Harlequin Reader Service®
3010 Walden Ave.
P.O. Box 1867
Buffalo, N.Y. 14240-1867

¡Sí! Por favor, envíenme 2 novelas de amor de Harlequin (1 Bianca® y 1 Deseo®) gratis, más el regalo sorpresa. Luego remítanme 4 novelas nuevas todos los meses, las cuales recibiré mucho antes de que aparezcan en librerías, y factúrenme al bajo precio de $3,24 cada una, más $0,25 por envío e impuesto de ventas, si corresponde*. Este es el precio total, y es un ahorro de casi el 20% sobre el precio de portada. !Una oferta excelente! Entiendo que el hecho de aceptar estos libros y el regalo no me obliga en forma alguna a la compra de libros adicionales. Y también que puedo devolver cualquier envío y cancelar en cualquier momento. Aún si decido no comprar ningún otro libro de Harlequin, los 2 libros gratis y el regalo sorpresa son míos para siempre.

416 LBN DU7N

Nombre y apellido	(Por favor, letra de molde)
Dirección	Apartamento No.
Ciudad	Estado	Zona postal

Esta oferta se limita a un pedido por hogar y no está disponible para los subscriptores actuales de Deseo® y Bianca®.
*Los términos y precios quedan sujetos a cambios sin aviso previo.
Impuestos de ventas aplican en N.Y.

SPN-03   ©2003 Harlequin Enterprises Limited

Julia™

Cuando el incendio de un piso hizo revivir a Erin DeLuca el accidente en el que murió su prometido y perdió al hijo que esperaba, buscó refugio en los brazos de un desconocido. Ella se quedó embarazada, pero no pudo encontrar al hombre que le ofreció consuelo. Hasta que Nate Walker apareció en su pueblo. E, ironía de ironías, era ingeniero pirotécnico.

El corazón de Nate se iluminó al ver a la mujer misteriosa que huyó de él y que en ese momento estaba embarazada, y para Erin, estar en los brazos de un hombre maravilloso, fue más brillante que ningún espectáculo de fuegos artificiales.

HARLEQUIN
Julia
Viaje y Vuelta

En brazos de un desconocido
Lynda Sandoval

En brazos de un desconocido

Lynda Sandoval

Con aquel hombre podía olvidar todo el dolor…

Bianca

El único obstáculo que se interpone entre Dante Carrazzo y el logro de su venganza es ella

Makcenzi es la sexy directora del hotel que Dante piensa cerrar. Ella está dispuesta a cualquier cosa por salvar el hotel, y Dante se aprovecha de ello: le promete reconsiderar su posición si ella accede a convertirse en su amante.

Makcenzi sabe que no debe fiarse de él, pero el placer que le da es demasiado intenso para poder resistirse. Sin embargo, el trato está a punto de romperse cuando Dante se entera de que ella se ha quedado embarazada...

Amante por venganza

Trish Morey